这一生，我愿用爱温暖你

邓重谊 著

中国華僑出版社

图书在版编目（CIP）数据

这一生，我愿用爱温暖你／邓重谊著．—北京：中国华侨出版社，2015.7

ISBN 978-7-5113-5554-6

Ⅰ.①这… Ⅱ.①邓… Ⅲ.①言情小说—中国—当代 Ⅳ.①I247.5

中国版本图书馆CIP数据核字（2015）第159051号

这一生，我愿用爱温暖你

著　　者／邓重谊
策　　划／周耿茜
责任编辑／文　喆
责任校对／高晓华
经　　销／新华书店
开　　本／880毫米×1230毫米　1/32　印张/8.5　字数/158千字
印　　刷／北京中印联印务有限公司
版　　次／2015年8月第1版　2015年8月第1次印刷
书　　号／ISBN 978-7-5113-5554-6
定　　价／29.80元

中国华侨出版社　北京市朝阳区静安里26号通成达大厦3层　邮编：100028

法律顾问：陈鹰律师事务所

编辑部：（010）64443056　64443979
发行部：（010）64443051　传真：（010）64439708
网　址：www.oveaschin.com
E-mail：oveaschin@sina.com

目录
Contents

楔　子

3 个月前。

“好想看一看啊。”

她总是安静地望着远方，似乎什么也没有看，却似乎什么都尽收眼底一样。

“傻瓜，这个世界很丑。”

“可我知道，你一定很美。就像……”她的嘴角还挂着甜腻腻的微笑，转眼已经将如碧波般一样柔顺的秀发淌进他的臂弯。

“就像什么？”

烂漫的阳光照进来，她能感受到正午太阳炙热的光辉洒在她的肌肤上，浑身都变得暖洋洋，可她却再也看不到那曾经记忆中的耀眼金色了。

“就像天使。”她慵懒地将头埋进他的胸膛。

“如果，当你睁开眼睛看到的，并不是天使，而是……魔鬼呢?”

“那我也爱你……”

因为失明，所以她不畏惧强光，在金灿灿的光亮中，只有她能瞪大眼睛，迎着光亮，浓密修长的睫毛被阳光染上了金色。

“不要，我……很坏。”

他的声音在发着抖，心里涌上一股苦涩。

“关慕，你在哭吗?”她伸出手胡乱的在空中摸索着，寻找着那个温暖的身体，她跌跌撞撞的撞倒了画架子，直到撞到了他的唇，方才停下。

“傻瓜夏朵，没有我，你可怎么办?”

语罢，他温柔潮润的唇已然落在了她光滑的手背上，她绯红了脸颊，娇羞地低下了头。

而另一边，慕汐艺术学院的校长办公室里，一个男人面色凝重地望着手中那一摞照片。

“这个女学生，是不是叫夏……朵……”

“是，董事长，您认识这个女学生？她是个可怜的孩子，后天颅脑损伤造成失明，还是个孤儿，是咱们下属福利院推荐过来的特培生，难得她对舞蹈很有天赋……”校长大人每当提到优秀的学生时，能滔滔不绝地讲上三天三夜。

那端坐着的男人狠狠地将照片摔在了桌子上，只是坚定地说了两个字。

“开除！”

3个月后，秋雨淅淅沥沥地下着，夏季最终还是这样悄然从身边走过。

每天，付萍萍最愉悦的事情，就是这样看着身边的夏朵，她完美得像是一个雕塑，永远那么圣洁，永远的白色衣裙，白色毛衣，不染一尘的白净肌肤。

秋风吹动着夏朵及腰的长发时，也顺带着掀起她如练的裙角。

“听说关慕明天要飞美国了，这一去，怕是不会回来了。”付萍萍和夏朵并肩走在校园外的柏油马路上。

夏朵撑着一把透明的雨伞，如瀑布一样倾泻而下的乌黑青丝就这么垂坠着，风吹拂起发丝，细雨打湿了发梢，她的眼眸依旧那么平静，仿佛那双眸子里的世界，一辈子也不会有人走进去。除了他……那个我记忆中永远遥不可及的高贵王子，关慕。

“喂，夏朵，你哭了吗?”

“不，是雨水。”

那根根分明的修长睫毛上还隐隐能看到晶莹的泪珠，夏朵却笑了。她笑的时候右腮总是有一个酒窝，看着亦让人沉醉，那是夏朵最迷人的时候，如春日碧波潭的湖水一样，那双水汪汪的眼睛总是泛起阵阵涟漪，荡进人们的心里。

“夏朵，他抛弃了你，想哭就哭吧。这不丢人。”付萍萍愤愤不平，一手拍着夏朵的肩膀，“我去给你买糖葫芦吧，酸酸甜甜的，以前我想哭的时候，吃了糖葫芦就不难过了。我去买给你，夏朵，等我。”

“萍萍，不用了。”夏朵的声音被萍萍抛在身后。

只是街角的转弯处，来回最多超不过 5 分钟，想不到，就是那 5 分钟，让一切都变得那么不一样了。

“老板，来两串糖葫芦。”

付萍萍正盯着那一颗颗红彤彤的山楂果时，“啊!!”一声尖锐的叫声划破了阴鸷的天际。紧接着，还有轮胎摩擦着路面的刺耳声音，以及行人熙熙攘攘的议论声。

下过小雨，秋季的柏油马路总是湿漉漉的，空气微凉而潮湿，付萍萍闻声看去，人群围住夏朵方才所在的路口，一辆大货车打着横停在了马路正中间。

“血，那边有人流了好多血，快叫救护车。”

“姑娘，你的糖葫芦……”

一切都空白了，付萍萍飞也似的奔回那个路口，还未曾近身已经嗅到湿润空气中带着的阵阵血腥味，那红色的液体，正缓缓地淌出来，她奋力拨开人群。

付萍萍大吼着，“夏朵！”

赫然，一个白衣白裙的少女坐在那里，颤抖的手指轻轻触摸她怀里男人的脸庞，触到他眼眸的时候，她的手指忽然就停在了那里。

“夏朵，你没事吧？”付萍萍下意识地走上前去，却在看到她怀里那人的时候，惊恐地捂住了嘴巴，紧接着瘫软在地，“怎么会是……他？”

“萍萍，救他……”夏朵的眼睛是红红的，仿佛泣出了鲜血。

你相信吗？冥冥之中，上天为每一个如鲜花般绚丽的生命准备了守护他的天使。有的时候，他们就在我们看不到的某个黑暗之中，扇动着他们那无上圣洁的翅膀。

第一章
生如夏花朵朵

至今，夏朵仍能清楚地记着，大二第一学期开学时的情形。

以往的A市，到了9月份还有些闷热，气压也低得要命，只是那一年，却早早就有了些许的秋凉。

校园里的槐树，早早就开了乳白色的花朵，经微风一吹，那洁白细嫩的花瓣在空中旋转飘零着，甚是美丽。

而夏朵，正从那雪白细腻的槐花细雨之中走来，她恍若天人。

她一身白色的连衣裙，长长的裙摆垂坠过膝，脚上一双白色的浅口平底鞋。

槐花落在了她的身上，赖在她的秀发间，洗得有些褪色的单肩牛仔包跟着她一路摇摆，仿佛也罩上了美丽的光环，带着槐花的香气。

当她安静地走出槐花细雨，她的双眼望着远方，总是看着固定的一点。好在她看不到，否则她一定会被此刻第一教学楼各个窗口趴着的那些男生吓坏。

第一节课是英语课，在慕汐艺术学院里，艺术课分门别类，但文化课是所有学生的必修课程。

英语老师说："从今天起，夏朵同学就要跟你们在一起上课了。"

"老师，我反对！我们反对和一个瞎子一起上课，像她这样的人，怎么可以和我们一起上课？这对我们是羞辱。"千美瑶毫不客气地挺起胸膛，玫红色的紧身大牌衬衫，价值十几万的名牌腕表。她长得明眸皓齿，顾盼生辉。

阶梯教室很大，可以容纳一个系的学生，有一半的学生都在附和着千美瑶。

"我们不能和一个瞎子做同学!"反对的声音，大多来自女生。

其实，早在夏朵出现在慕汐艺术学院之前，她要转学过来的消息，就已然不胫而走了。在开学初期，甚至还引发了一场不小的骚动。

慕汐艺术学院，是一所私立艺术院校，这里是名副其实的贵族学校，因为大多数的学生都是家庭阔绰的富二代。当然，也会有一些寻常人家的孩子。

早就有人将06级新转校生夏朵的个人信息写到了校板报上，之所以如此粉墨浓彩的原因，竟是因那占有一半比例的贵族学生抵制夏朵的到来。

幸运的是，夏朵真的很美，乌黑柔顺的秀发，尖尖的下颏，白皙细腻的肌肤像极了那白嫩槐花的花瓣，还有粉嫩的薄唇，笑起来的时候，有着醉人的酒窝。

最要说的就是她那双拥有褐色瞳仁的眸子，而眼白却是淡淡的蓝色，从没见过有人的眼睛能如此清澈水灵。眼角眉梢，仿佛有浅浅的忧伤，却又像含着丝丝笑意。

果然，在见到夏朵如此美貌的一瞬间，教室里的全体男同胞们，都用沉默表示出了对她的欢迎。

这时，一个男生慢悠悠地推开阶梯教室的门，目空一切地径直往教室最后排走去，深棕的头发斜斜地挡住了他英俊的半边脸，飞扬向上的眉眼带着一种高贵而冰冷的气韵。他右眼角上方一处不足半寸的疤痕更平添了几分超凡气质，整个人看起来竟那样的梦幻。

“关慕来了，他居然来了。”所有的女生都开始沸腾，全那么敬仰地看着他，期盼着他的一个回眸，哪怕只是无意间扫过她们的脸。

“关慕！你又迟到了。”英语老师还算客气，语气也极尽温柔。

直到关慕懒懒地回头白了一眼古板的英语老师时，他才顺道将目光落到了夏朵的身上，那么纯净的她，那么素洁的衣裙，还有那及至腰间的整齐头发，有那么两秒，他居然看痴了。

少顷，他却轻哼了一下，嘴角提着诡异的笑容，找到角落位置就坐下了。

“付萍萍，夏朵今天就坐到你的身边吧。”

整个英语课，关慕的书包都没有打开，他托着腮，看着斜前方那个秀丽的白色背影，看着看着，他竟然歪在课桌上睡着了。待他醒来的时候，夏朵抬着头正奋笔疾书。

“夏朵，你这功夫也太牛了。”付萍萍竖起了大拇指，“看不见，抄的笔记居然一字不漏，和老师的板书一模一样。牛气！”

夏朵直到这一刻，才舒心地展露了笑颜，露出洁白的牙齿，薄唇弯成月牙似的弧线。

下课的时候，夏朵收拾了书包，准确地迈着每一步，每一个台阶都能精准地找到。

“夏朵，问你个问题，你……真的看不到吗?”

付萍萍惊讶于夏朵不像寻常盲人那样用导盲杖去辨别方向和前方的道路，更惊讶于她能不摸不碰，就能利落地找到每一处台阶和门槛。

“我的眼睛看不到，可是心却能看到。”夏朵笑吟吟地说着。

忽然，夏朵被身后涌上来的人群一撞，险些摔倒。

“你们干什么?”幸而付萍萍扶住了夏朵。

一些女生围了上来，为首的就是千美瑶，她双手交叉着放在胸前，妩媚的卷发披散开来。

清脆的下课铃响过之后，是慕汐的校歌，悠扬的曲调，婉转的旋律，夏朵轻抿着唇，她静静地听着。

“你为什么来我们学校?”

“就是，一个瞎子能做什么？白白浪费学校的名额。”

“给我滚远点，听到了吗?”

夏朵只觉得她的肩膀被人推搡了几下。

“喂，你叫，叫什么来着?”千美瑶的声音穿过人群，周遭的一切都安静了，只有校歌依然从喇叭里悠扬地飘出来。

“我叫夏朵，花朵的朵。”

“花朵，今天明确地告诉你，我不喜欢你，不想找苦头吃的话，就乖乖地打哪来回哪去。”

“我叫夏朵。夏天的夏。”

“我管你是夏天还是秋天，总之，滚回去!”

来到慕汐的第一天，夏朵就迎来了第一个麻烦。

有女生扯掉了夏朵的牛仔包，她仍旧那么娇弱地立在原处，门外的风吹起了她的头发，她没有去争夺。

“千美瑶，你们是不是太过分了?”付萍萍很仗义地站了出来。

“死胖子，你皮紧是不是?”千美瑶恐吓着付萍萍。

眼看着半个班的女生把夏朵和付萍萍围在当中，气氛异常地紧张，却没有一个人挺身而出。

“滚出去！死瞎子。”

“看她那个瞎眼，真瘆人。我们不能跟她在一起上课。”

周遭的叫喊声不断，夏朵那一刻成了如此让人厌弃的对象，她努力地咬着下唇，鼻翼悄然地抖动着，睫毛也如蝴蝶的翅膀一般轻轻地颤。

“喂，好吵!!”这个时候，慵懒且带着些许愠怒的男声传了出来。

“是谁？谁在说话?”大家四下寻找，闪开的一条通道尽头，是后排的座位，一位男生趴在课桌上，他正慢慢地抬起头，深棕色的头发下隐隐地看到一条不足半寸的疤痕斜斜向上伸展，那是他生气时候的神情。

“还让不让人睡觉了！”关慕低吼了一声之后，连千美瑶在内的所有女生都噤若寒蝉，再没有一个人敢出声。

关慕恼火地将头发反复地揉了揉，拎起书包一步步朝着夏朵走过来。他站定在夏朵面前的时候，慕汐的校歌刚好结束，四下里骤然死一般的寂静。

“这下有好戏看了。”就在千美瑶等人认定了关慕会对夏朵出手的时候，他却弯腰捡起了夏朵的书包，拎在手里，饶有兴趣地打量着夏朵。

“原来，你叫夏朵。”因为兴奋，他的呼吸带着不易察觉的急促。

“你是?”

当他走近夏朵的时候，她嗅到了他身上浓浓的香烟味，还有清凉凉的类似于薄荷的气味，像是夏日最爽口的凉茶的味道。

“怎么，这么快就把我忘记了?”关慕坏笑着将脸凑到了夏朵的面前。

此时，关慕第一次这样清楚地看到她的眸子，褐色瞳仁上有类似于葵花一样的纹路。她的目光炯炯有神，仿佛能看到关慕灵魂的最深处，他只觉得心头一凛，随即有些生气地移开了视线。

“昨天晚上，也是在这个教室里，我和你。怎么？这么快就把我忘了？”关慕轻移步伐，俯下身，在她的耳畔，压低了声音说。

那亲密无间的距离，让所有女生顿时眼红得不得了，他温热的气息，吹在夏朵软绵绵的耳垂上，夏朵只得本能地躲闪了一下。

“放心，我说过的话，一定会做到，夏朵同学一定要留下来，这样才有趣么。”关慕诡异地笑着，他的牙齿闪着冰冷的光。

有了关慕的话，那些女生虽心有不甘，却也只好乖乖地散去了。就这样，夏朵在慕汐遇到的第一个麻烦，就这样轻松地迎刃而解了。

秋天的校园里，和煦的阳光洒下来，秋叶满地，踩上去发出窸窣声。风吹来，带着隐隐的水汽，天空湛蓝，飞鸟啼鸣着在上空盘旋。

“她们的话，你别放在心里，听久了也就习惯了。”

“萍萍，你真是个好人。”

夏朵笑起来的时候，萍萍看得如痴如醉，一不小心，竟然就撞到了灯杆上。

“哎呀。”萍萍捂着圆滚滚的额头，又懊恼又想笑。

“萍萍，小心点嘛。”夏朵笑得更甜腻了，两人捂着嘴巴一路笑着。

萍萍拉着夏朵来到宿舍里，找到了她的床位，“这就是你的床，咱们宿舍，除了我，还有一个叫韩飞的女孩，她是个学霸，脾气不好，等她来了，你就知道了。”

夏朵摸索着宿舍里的每一处，电灯的开关，从床位到卫生间的距离，每一处都经过了她精确的丈量。

“慕汐是富二代的天下，像我们这样第三世界的百姓，要么忍，要么就使劲忍。你没来之前，她们喜欢欺负我，因为我……长得有点胖啦。”萍萍不好意思地笑着说。不过夏朵还是从她的笑声中听到了苦涩的味道。

“萍萍你很漂亮，至少我相信你一定是漂亮又善良的女孩。”

“谢谢你。”萍萍娇羞地低下头，宿舍里的阳光很充足，暖暖地照着夏朵饱满的额头，那细小的毛茸茸的额发懒懒地伏在她洁白的肌肤上。

夏朵沉默着，站到窗台前，迎着阳光，那样贪恋着太阳光的温度。

“慕汐，这个学校的学生大多数都是外貌协会的。所以，千美瑶才会对你那么排斥。”萍萍接着说。

“因为我的眼睛吗？很丑，很空洞吧。”

在金色光芒的沐浴之中，夏朵低头忧伤，她们不喜欢自己也是正常的，又有谁会喜欢自己这双空洞的眼睛呢？

“当然不是。难道没有人告诉过你，你真的很美吗？你是我见过最漂亮的姑娘，比明星都要好看。”萍萍扯着窗帘笑吟吟地说着，“我猜，千美瑶她们一定是太嫉妒你了，所以才会欺负你。其实，她也很漂亮，只不过，她人太霸道，还爱欺负我。”

“唔，你认识关慕？”萍萍又试探地问着。

“你是说，刚才的那个男生吗？他叫……关慕吗？”

夏朵的心忽然战栗了一下，是上天注定，还是缘分使然呢？夏朵和关慕，就这样不期而遇了。

“我劝你离他远点，他是慕汐学校的头号恶魔，千美瑶的那点坏脾气远远不及他的$\frac{1}{10}$呢。就连教务处主任和校长见了他都要毕恭毕敬的。被他盯住的人，后果会很惨的。”

“关慕，很特别的名字，慕，是慕汐的慕吗？”

“喂，拜托，你到底有没有听清楚我的话啊。”萍萍彻底无语了。

一直到宿舍熄灯，韩飞才回来。夏朵听着她重手重脚地将宿舍门踢上，还听着她丁零咣啷地打水洗漱着，付萍萍抱怨了两句翻身就打起鼾来。

一切回到昨夜，秋风一直刮着，当月光朦胧的时候，关慕照例坐在教学楼的楼顶，两条腿在楼沿外不住地晃荡，手里的那根香烟闪着点点星火。

“当当当当。”像是高跟鞋的声音，却又极其不规律。晚上，在黑暗寂静的教学楼里，这样的声音实在是太……恐怖了。

“搞什么搞，拍恐怖片啊？”关慕脊背跟着有些发凉，他狠狠地吸了一口烟，将烟头扔在地上，循声找去。

走廊里，只有应急灯闪出微弱的光，照得楼梯都是暗淡的黄色，在阶梯教室的门口，一个白色的身影正缓缓地前行，那不规则的“当当”声，正是来自于她。

那是她手里的导盲杖在碰撞着台阶而发出的声响，脆生生地在楼道里回荡。

“大半夜的不回去睡觉，出来吓人，搞什么搞？”

他的声音忽然出现，吓得少女一激灵。

“对……对不起。”少女怯生生地说。

“你就是要转学来我们学校的那个瞎子？”关慕说话很不客气，只见那个少女狠狠地咬着下唇，在她刚要反驳的时候，又有一阵脚步声传来。

“是谁？谁在那儿？”手电筒的灯柱来回地摇晃，“出来。”

听声音，大概是巡逻的保安。关慕灵机一动，反手拉着少女躲在讲台之后，他兴奋地从讲台后伸出头朝着外面张望，得意地暗暗骂道："一群蠢货。"

待保安朝着反方向走远的时候，关慕才发现，他和少女竟然靠得那么近，借着月光，他能看到她的脸，那么姣好的容颜。关慕第一次见到这样好看的女孩，他怦然心动。

这样亲密的距离，也让夏朵嗅到了关慕身上独特的薄荷香味，还有烟草的味道。

或许是他温暖甜蜜的呼吸轻拂着夏朵的脸蛋，让她的脸一阵阵灼热，继而有些不悦，又或者是因为关慕方才对她的不客气，叫她心有不甘，总之……

"他在这儿!!"夏朵突然大叫一声，并从讲台后窜出来，闻声而来的保安，疾步朝讲台走来。

忽然间，那个蠢货，就成了关慕。

"这两位同学，这么晚了，你们还躲在教学楼里干什么?"

面对保安的质疑，夏朵慌乱之中绯红了脸，"我是来提前熟悉校园环境的。他是我无意之间碰见的。"

只听见一位保安对着另外的一位悄声说了一句"哎，他这已经是这个月的第几次了？给关家打电话，请人来接吧。"

保安室里，关慕斜靠着椅背，得意地跷着二郎腿，在夏朵转身离开之前，他叫住了她，"喂，转校生，你叫什么?"

“……”

“记住了，臭丫头，我，不会放过你的。”

就这样，夏朵在完全不知觉的情况下，先后得罪了慕汐的两个问题人物，一个是千美瑶，一个就是关慕。

清晨，当韩飞的闹钟第一个响起之后，夏朵也跟着醒过来了。韩飞看了一眼睡在自己左边床位上的美丽女孩子，就是在睡梦中她都那么优美吗？侧卧着身体，纤长浓密的睫毛盖在脸颊上，再看看那个此刻流着口水的付萍萍，韩飞摇着头。

“人和人的差距还真是大。”

“你好，我是夏朵。”

韩飞回头对着小镜子梳着短发的时候，悦耳如银铃般的声音响起，夏朵清澈如水的眼睛直直地朝着韩飞的方向。

其实，韩飞昨天是见过夏朵的。就在千美瑶等人围堵夏朵的时候，她就在教室的第一排正奋笔疾书，她不够聪明，所以每每都要比别人勤奋些，只有这样，才对得起老家辛苦种田供自己读书的父母。

“我知道你，你现在可是咱们学校的名人。”韩飞的语气听上去并不温柔，且不太友好。

“我也知道你，韩飞，学习很好的韩飞，对吗？”夏朵歪着头，秀发还是那么乖乖地披在身后，有些发旧的粉红睡衣穿在她窈窕的身体上也显得那么精致和优雅。

韩飞听了夏朵的话，便不再说话，拿着英语书，就要出门，走到门口的时候，她站住了。

“今天，小心点。”

“谢谢你，你真是个好人。”她眯着眼睛，冲着韩飞的方向，淳善地微笑。

事实证明韩飞的提醒是很有必要的，去教室的路上，夏朵背着洗得发白的牛仔包，身边的付萍萍正含着棒棒糖。

还是昨天的阶梯教室，一进教室，气氛就有些不大对劲，帅气的金铭从背后攀住付萍萍的肩膀，将她按在第一排坐下。身边的女孩子们个个虎视眈眈的，付萍萍被人捂住了嘴巴，眼睁睁地看着夏朵一步步跟着金铭向后排走去。

阶梯教室的台阶很高，一直往上，在那最高处，正有一个男人俯视着她缓缓而上的身影。

忽然，她脚下一滑，整个身体都因为重心不稳向后倒去，她修长的手臂在空中挥舞着，想要抓住什么，却最终倒了下去。

一连滚落十几层台阶，她的身边有一颗颗豆子陪着她一起“嘀哩哩”地滚落。

之后，所有的人都哄堂大笑。老套的把戏，这里的所有人都看在眼里，却只有她看不到，一步步走上去，最终，她悲惨地倒下来。

她洁白的连衣裙跌脏了，胸前老大一块灰尘，膝盖擦破了皮，温热的鲜血沿着小腿缓缓流下。她坐在地上，肩膀和手指的疼痛一阵阵钻心，以至于圆润雪白的额头上沁出密密麻麻的汗珠。那双精致的平底鞋，一只也飞了出去，掉在好远的台阶上，露出她纤瘦的脚丫、洁白的脚趾。

她慌乱之间想撑着自己的身体站起来，却发现脚踝剧痛，让她根本用不上一点力气。她只好俯下身体轻轻揉着自己的脚踝，像只受了伤的小鹿，温顺委屈地俯首舔着自己的鲜血，那么柔和、那么无辜。

那样的她，就是魔鬼看到也会动心吧……

“哎呀，怎么这么不小心啊？转校生。”关慕捡起那书包，轻轻走到她的身边，带着淡淡的薄荷香，将书包丢进夏朵的怀里，双手慢慢地斜插进裤子的口袋，带着贵族般的倨傲俯视着夏朵，深棕色的头发轻轻飞扬着，冷峻且忧郁的眼睛热忱地注视着她那有着葵花般纹路的眸子。

想不到，她却迎着他的目光，扬起她的下巴，带着绝美的笑容和那醉人的酒窝，静静地望着他。

“关慕，谢谢你。你原来是个好人。”

“哈哈哈哈哈……”

又是哄堂大笑，就连一贯冷冰冰的金铭也撑不住了抿着嘴笑着说：“这是个蠢丫头。”

只有他，却怔怔地望着她，喉头被什么堵住了一般。

“都给我闭嘴!!”关慕愤怒的眼睛闪着光芒，是地狱深渊中跳动着的烈焰火星，叫人胆战心惊。

“你还真惹人厌。转校生。”关慕轻哼了一声，身边飘过薄荷味清凉凉的风。

夏朵想，他一定是个好人，所以才会在昨天替自己解围，还会在今天捡起自己的书包，他一定是那种害羞的孩子，红着脸，带着薄荷的清香。

事实却是……

艺术赏析课的时候，关慕故意坐到夏朵的身边，偷走了她的耳机，就这么看着她两手在课桌上到处翻找着，足足折腾了一节课。关慕像是观察实验室里的小白鼠一样，颇为好奇地看着这个让他着迷的另类女孩。

看着夏朵因为焦急而淌下的汗水，看着她因为焦急而泛白的薄唇，还有因为焦急而惊慌微蹙的双眉，那是关慕第一次看到夏朵的眼睛有着那样深切的渴望，是对耳机的渴望？还是对光明的渴望？还是对其他什么的渴望？

从那天开始，关慕就几乎和夏朵形影不离，捉弄她、欺负她，对关慕来说，这些与夏朵有关的游戏都是那么充满了诱惑力。

“啊。”夏朵走在楼道里的时候，不知道何时，这里平添了一张课桌，刚好放在过道的中央，撞得她生疼。

躲在角落里的关慕，冷着眸子微笑，看着那个美得令人窒息的女孩，轻轻屏住呼吸，哪怕是一滴眼泪，关慕都会就此丢开手，放过她。

可是，她却仍旧弯起唇角，淳善地微笑。

“该死!”关慕不甘心地看着她遥远地笑脸，心口压抑得难受，好像有某种情绪需要宣泄，却怎么都找不到出口。

“关慕，这样的游戏还要进行多久……真是太无趣了。”

金铭不明白关慕为什么那么沉迷于对这个盲女孩的折磨，在他看来，费尽心机就为了让这个女孩落泪，这样的惩罚无异于对自己的折磨。

“不，我要继续!!”他咬着牙齿，眼角上的疤痕斜斜上扬，冷厉的暗色眸光一闪，浑身仿佛被淡蓝色的烈焰包围着。

“关慕，你真是个好人。”

“关慕，谢谢你。”

"关慕，你真是个好人。"

"好孩子，关慕……"

"你是妈妈的好孩子……好孩子……好……"

"不!! 我不是!!"

深秋的夜空，远处能听到云层中传来阵阵的隆隆声，那是闷雷的声响，却更像是来自地狱深渊恶魔的低吟。

秋风肆意地吹打着窗户，关慕猛然从噩梦中惊醒，看看表，已经是半夜两点多了，后背上的汗珠浸湿了睡衣，黏腻腻地贴在身上。

"怎么？又做噩梦了？"关睿宇穿着蚕丝睡袍，手里托着一杯红酒，推开关慕卧室的门，悄声说。

"嗯。"关慕低下头，轻抿着唇，雾气就在眼眶里。他多希望，多希望关睿宇能给他一个暖暖的拥抱，哪怕什么都不说，哪怕什么都不做，只是拥着他。

"那是你应得的惩罚，谁让你是不听话的坏孩子，Bad boy!"

关睿宇用手指点了点关慕的方向，那么厌烦地一瞥，那么绝情地走过，带着恨意的语调，他是那么享受着关慕所经历的痛苦，这些年来，不都是这样么？

哪怕关慕得了抑郁症，哪怕关慕每每在午夜号啕大哭，他的父亲也从来没有关心过。关慕得到了别人所艳羡的一切，却最终得不到一个平凡孩子所拥有的父爱，这样的生活，让他开始渐渐失去了希望。

“是啊，我是个坏孩子。”关慕走到窗前，月亮在云层里，天是暗黑色的一片。

“14年了，为什么死掉的不是我？”他凭栏远眺，仰面而泣。

这个世界太黑暗了，太寒冷了。

“夏朵。”在宿舍的灯熄灭之后，萍萍从被子里钻出个小脑袋，手里举着手电筒，颇有演恐怖片的感觉。

不过，黑夜也好，白天也罢，对夏朵来说，都是一样的，她的世界里，总是黑暗的。

“离关慕远点，我觉得他盯上你了。”萍萍小心翼翼地说着，唯恐声音大了，会吵醒睡在对面的韩飞。

“为什么？他是好人。”

萍萍一口鲜血差点喷出来，“怎么跟你说不通呢？他不是好人，他总欺负同学，还独来独往，脾气臭得要死。总之，除了显赫的家庭，剩下的一无是处，还有啊，他是个怪胎。”

“萍萍，你不该这么说他……”

“拜托你，他的脾气真的古怪得不得了。他是学油画的，可是很少有人见过他的画。听教他的老师说，他的画都是很黑暗的那种，可见这个人心理有多变态了……”

“喂……夏朵……你在听吗?”

“萍萍。”夏朵的声音陡然变得那样严肃，让本就寂静的夜更添了一份凄冷，“我总觉得他只是太孤独了。和我一样孤独罢了。”

第二章
爱上她的眼泪

慕汐的食堂里，付萍萍端着餐盘，里面装着满满的食物。对于付萍萍这个地地道道的吃货来说，慕汐最吸引她的地方就是这个五层的超级豪华食堂，从地方风味到法式西餐，从油滋滋的烧烤到北海道的海鲜，几乎无所不有。

“夏朵，别客气么，多吃一点啦。”付萍萍将自己眼前的那份熏鸡肉放在夏朵的面前。

夏朵清澈的眸子静静地看着远方。

“谢谢，不过，我实在不饿。”

其实她哪里是不饿呢？只是她实在没有多余的钱享受那些美好的食物，像她这样的孤儿，能来到慕汐做特培生已经是不敢想的奢望了。福利院为她申请了在慕汐的生活费是十分有限的，因此她只好分外地节俭。

“可是你也吃得太少了吧？而且，每天都吃三明治？这能行吗？”付萍萍半信半疑地看着夏朵手边托盘里那一个小小的三明治。

“三明治很好啊，营养均衡，而且，也足够方便。”夏朵正说着，按照她感知的方向伸出手指，想要去抓住她的午餐。

“哐当”一声，托盘掉在了地上，金属撞击着地面，发出的声响将夏朵吓坏了，白瓷一样的肌肤顿时绷紧，她侧耳努力地倾听。

“啧啧啧。”是他，带着薄荷的香气，还有淡淡的烟草味道。

“你们……”已经被周遭乌泱泱的人群围住的萍萍明显感受到氛围的异样。

“来来，到我们这里坐吧。”金铭张开臂弯将矮他一头的萍萍揽到了隔壁桌坐下，而这边，只有可怜的夏朵一个人。

瞬间，食堂里所有人都屏住呼吸，关慕又要开始对夏朵的折磨了，又有好戏看了。

“啧啧，夏朵同学真是太不小心了。”关慕眼角上的疤痕弯成了绝美的弧线，颀长的身体向前弯曲，一只脚不偏不倚地踩在夏朵的三明治上。

“哎呀，这可怎么办？夏朵同学的三明治被我踩到了。”关慕坏笑着，玩味地看着夏朵那清澈的眼眸，瞳孔里倒映着他自己邪恶的笑容。

夏朵眉心微蹙。关慕期待着，心里暗暗得意，都说女人在饿肚子的时候最容易流眼泪，暗地里欺负她这么多天，总算有成效了。

忽然，她绷直的尖尖下颏放松了，嘴角平直的线条也渐渐弯曲，如水的眼眸荡漾着温暖和宽容。

“没关系，我其实……一点也不饿。”夏朵洁白纤瘦的身体就这样站在食堂中间，在关慕的面前，周遭是人们鄙夷和讥讽的笑脸，她却浑然不知。

难道在她的世界里里，就没有坏人吗？

“关慕，你说这个夏朵是不是脑子也不好用？要么是她真傻，要么就是她装傻。”金铭看着夏朵洁白的背影沿着食堂前的石子路一点点远去，若有所思地对关慕说着。

“夏朵……”去上课的路上，萍萍压低了声音，大有演谍战剧的意思，“你要小心啊，关慕不会放过你的。”

“你胡说什么，他从来也没有伤害我啊。”夏朵扬起笑脸，美丽的裙摆在光洁的小腿周边摇摆。

“我实话告你吧。”萍萍四下环顾，“你上次在阶梯教室踩到黄豆摔倒，还有平白无故地撞上桌椅，还有刚才的午饭，都是关慕他们故意在欺负你，恶作剧……嗯，千万别说是我告诉你的啊。”萍萍极为害怕的样子，像极了接头的地下工作者。

“怎么会？”

“怎么不会啊？慕汐学校就是关氏集团创办的，学校都是他们关家的，连校长都可以随意任免，以前也有同学被他欺负，后来不是劝退，就是自动退学了。”

“喂，关慕，你到底在想什么啊？该你了。”金铭握着台球杆，支撑着他一米八几的身体，“自从那个夏朵出现之后，你就总是心不在焉的，你到底在想什么？”

灯光下，关慕纤细的手指托住自己的额头，那狭长忧郁的眸子怔怔出神，发梢遮住他的眼角，凌乱却不失俊朗。

“金铭，你说我们接下来该怎么办？”

“什么怎么办？”金铭端起水晶杯，走到关慕对面的沙发边，然后举起杯子朝着关慕示意。

“就是那个夏朵啊。”关慕苦思冥想，再也想不出还有什么能够折磨到那个夏朵的，她那双大眼睛总是带着宽容和笑意，不管流血还是受伤，她都不会哭，这让关慕越发地不甘心。

“关慕，你还能再幼稚点吗？”金铭彻底无语了，“自从那个夏朵出现，你就变得心神恍惚，你有没有觉得，你这样真的有点奇怪啊？”

“哪里奇怪啊？”关慕一副不服气的样子，然后发狠地说，“那个臭丫头，不让她尝到我关慕的厉害，绝不罢休。”他褐色的眸子里闪过一丝不甘。

“对对，如果不让她知道慕汐的撒旦就是我们幼稚的关慕，那怎么能行啊？”金铭憋着笑挖苦着，眸光一闪，他忽然想到了什么，“你、你该不会是喜欢上她了吧？”

“诶，你很无聊诶。你觉得我会喜欢上一个瞎子吗？”尽管，他表现得十分不耐烦和鄙夷，可他的内心深处却莫名地有些心虚，居然有那么几秒钟，心跳加快了些许。

“难说哦，你的品位一直和我们不太一样的。”金铭憋着坏笑，又细细回味着说，“不过，那个夏朵，真的很美，如果不是看不见，我倒真觉得你可以追她。喂，关慕，住手。”

关慕已经抄起沙发上的抱枕猛烈地砸了下来，果然，关慕就是关慕，臭脾气一旦发作，就连金铭也要不时地忍受。

第一学期很快就过半了，进入深秋，慕汐校园里遍地都是金黄的叶子。夏朵最喜欢走在落叶之上，听着那脚下清脆的声响，秋风吹过，落叶飘零着落在她丝绸般的秀发上。

夏朵打了一个寒颤，裹紧了乳白色的毛衫，“课本上说秋天是金黄色的，可惜，我看不到。我的世界里，秋天是孤独和冷清的。”

她一个人自言自语着，在曲径通幽的艺苑路上，她失落地垂下眼帘，闷头往前走着。

“怎么了？这不是充满正能量的夏朵同学吗？怎么会一个人啊？最近貌似很少见到你的那个肥妞跟班呢。”

他的脚步很轻，走近夏朵的时候，带着丝丝凉气，颀长的身体在落叶之中挡住了太阳的光芒，头发垂下，他静静地看着夏朵。

她，似乎瘦了，比刚来慕汐的时候瘦了很多。

不过，她的眼睛依旧清澈，是他这辈子见过最清澈的眼睛。而且，她的眼睛好大，瞳孔周围还有类似于葵花的纹路。

听到关慕的声音，她的瞳孔微微收紧。

“你……”有那么一秒，关慕甚至想要伸出手指去触摸她的眼睛。

“没关系，萍萍她一定是太忙了，所以最近不能和我一起去上课，而且，我又不是小孩子了，可以一个人的。”她再次扬起头，对关慕投以灿烂的笑容，洁白的牙齿在秋日的阳光里闪着温润如玉的光泽。

“关慕，你是特意来找我的吗？我记得，你们油画班这节课是在画室上的，应该是相反方向的吧？”

天啊，她的眼睛真的好大，关慕忽然感觉到自己的心猛烈地被撞击了一下。

这样的感觉让他很愤怒，紧接着，他歇斯底里大吼起来。

“你是谁啊？我怎么会特意来找你啊？你疯了？少装出一副很了解我的样子，最惹人讨厌!!”

夏朵不懂，为什么关慕要这么生气，他的手斜插在口袋里，飞起一脚，正好踢在小路边的一个垃圾桶上。它就转着圈地倒了下来，四下里碰撞着，发出叮叮咣咣的声音，惊得树枝上的飞鸟扑棱着翅膀一跃而起。

这条偏僻的树林小径上，前方走着愤怒的关慕，后面跟着安静的夏朵，一步一步，走在枯黄的落叶之上。

“可恶。”关慕愤恨地咬牙，他的心还在不安地跳动着，微长的头发遮住了半边脸，秋风吹过，露出他眼角上那条神秘的疤痕。

他走出去不远，忽然站住了脚，冰冷邪恶地对身后的夏朵说：“一直以来，我都很讨厌你，从今以后，不要让我再在慕汐看到你……”

“啊！”不等他说完，身后传来一声尖叫。

他回眸的时候，夏朵已经被垃圾桶绊倒了，跌脏了衣服，她跪在鹅卵石的小路上，手上沾满了灰尘。

“真麻烦。”关慕居然不假思索地上前俯下身体去搀扶她，身上淡淡的薄荷味道让夏朵迎着他的方向扬起了头。

“是我的错觉吗？”她的眼睛带着淡淡的疑惑，美丽的蓝色像是一汪池水一样，仿佛能瞬间照进关慕的心里。

“是我的错觉吗？我觉得，其实你并不讨厌我，事实上，你只是太孤单了，对不对？”

有那么一秒钟，关慕的心跳像是停止了似的，他脑海里一片空白，他的世界里只有她的眼睛，那双明明什么也看不到的眼睛，却好像充满了无穷的力量。

几秒钟后，他忽然松开了手，夏朵再次跌坐在地上，这一下不轻，夏朵疼痛地揉着自己的膝盖，而关慕倨傲地扬起了他的下巴。

“现在，你还觉得我不讨厌你吗？你是我见过最令人讨厌的女生。”那之后，关慕丢下夏朵一个人扬长而去。

其实，自从关慕想尽办法折磨夏朵开始，全学院的同学基本都已经明确了立场，不会有谁为了一个新来的转校生和关慕对着干，尤其这个转校生还是个瞎子兼孤儿。

所以，大家都一致采取了冷漠的态度，不会有人主动和夏朵说话，更不会主动去帮助她。即便是和夏朵一个宿舍的萍萍和韩飞，在接到金铭的警告之后，也只好对夏朵敬而远之。

虽然孤独，但夏朵每天还是快乐地生活着。

“萍萍，这个给你。”夏朵等在宿舍里，一直到熄灯的时候，萍萍才回来，每次都是胡乱地打水洗漱一番就上床睡觉了，一连两个星期都是这样。

“什么?”

“你喜欢的。”夏朵打开饭盒，里面装着熏鸡肉，“这几天你都没有去食堂，我中午打了熏鸡肉，估计你爱吃，就给你留着了。”

“你不是自己都不舍得买的吗？怎么会?”宿舍的灯熄灭了，萍萍愧疚懊悔地接过夏朵的饭盒。

“你是我的好朋友嘛。”夏朵甜甜地笑了。

那一晚，萍萍辗转难眠，一直到两点多还在翻身，宿舍里韩飞的床位是空空的，她没有回来。

“萍萍。”夏朵在寂静的夜里低声唤着。

“嗯?”

“是不是我做错了什么?”夏朵小心翼翼地问着，月光洒在她的床边，照着她洗得发旧的睡裙和她孱弱的肩膀。

“没……有。”萍萍不知道为什么，心里就陡然有一丝酸楚，她哽咽了。

“那就好，萍萍，我们要做一辈子的好朋友，你是我最好的朋友。”夏朵说完，就陷入了安静。不久，她的呼吸变得均匀而微弱起来。

“夏朵，你这个傻丫头，为什么在你的眼中，所有的人都是好人呢？”萍萍翻身坐了起来，用熏鸡肉塞满了自己的嘴巴，眼泪汪汪地自言自语着，“对不起，夏朵。”

日子一天天过去了，有人说，当一件事持续做够21次之后，它就变成了一种习惯，是深入灵魂的一种习惯。

对于关慕来说，捉弄夏朵就是这样一种习惯。他不再想要把她逼走，更不想让她哭泣，因为那样的话，他在慕汐的日子就会更加无聊；相反的，折磨她，看着她在痛苦之后依旧灿烂地微笑，是关慕现在来慕汐最大的乐趣。

自从有了夏朵，关慕在慕汐睡大觉的日子越来越少了。

这天，还是英语课，关慕百无聊赖地转着自己手里的打火机，托着下巴，他狭长的眸子看着教室门口，一个个鲜活明艳的女生走过，他都毫不在意，他在期待，期待她的出现。

果然，当夏朵从教室门口走进来的时候，他的眼睛一亮。

就在夏朵接近他的时候，他伸出了自己的左脚。

她摔倒了，跌破了膝盖，才长好的疤痕又流出鲜血来，顺着她的小腿一直流到脚踝。

因为摔倒时，她的毛衣刮到了课桌的桌角，竟然撕破了好大一块。

那次，是关慕第一次看到她眼睛里回荡着雾气。然而，奇怪的是他的心，不但没有丝毫的快感，反而，还有些疼痛。他紧张地屏住了呼吸，怔怔地望着她的眼睛。

她吸了吸鼻子，咬紧下唇，努力地站了起来，看着前方，她居然没有哭。她捡起发旧的牛仔书包，安静地低下头。

她，是在发抖吗？还是在抽泣？为什么她的身影会这么瘦弱？这次是真的太过分了吧？

大家谁都没有笑，对于重复的捉弄、重复的场景，大家从最开始感到好奇可笑，到现在的麻木，已经渐渐地习惯了。仿佛如果有一天，关慕不伸出腿绊倒夏朵，那才是不正常的。

那一次，她眼中明明弥漫了雾气，她……很疼吗？

“喂!! 给她道歉!!”一个瘦高的男生，短平头，黑白条纹的T恤衫，背着黑色的书包，一副三好学生的样子，突然出现在夏朵的身后。

开玩笑吗？在慕汐还没有谁敢当面和关慕这样说话，这个男生一定是疯了，大脑不清楚了。难道他不知道，为了孤立夏朵，金铭等人已经郑重地警告了一切和她关系亲密的同学了吗？他，怎么还敢这样？

“如果我不呢？”关慕回眸看了一眼那个呆若木鸡的夏朵，绷紧了脸上的每一寸肌肤，对面前的这个男生幽幽地道。

两个男生各自带着戾气斜插着口袋，迎面对视着。

“喂，冯昊东，书呆子，少管闲事啦。”金铭上前揽住了那男生的肩膀，“枪打出头鸟，别逞能。”

“把你的手……拿开!!”冯昊东面不改色，肩膀一抖，金铭已然倒退几步，“一群大男人，就会欺负个女孩子，算什么本事？夏朵，我们走。”

在关慕的面前，冯昊东纤长的手指握住了夏朵的手，她就这样由着他带走，从关慕面前走过的时候，她仍旧低着头，发着抖，只是身体不住地靠向冯昊东，仿佛，那里才是她安全的港湾，那样温顺乖巧地跟随着他的步伐走去了。

“谢谢你，昊东。我……”

“不用谢，我只是看不惯他们那些富二代的做派。”冯昊东抢先一步对身后的夏朵说。

“昊东，这周回福利院，我们可以一起走吗？”

“对不起，我这周要去郊外采风。”

“唔，没关系，没关系。”她笑着摆手，等她傻傻地再去倾听的时候，只能听到昊东远去的脚步声了。

“夏朵，听说，上午关慕欺负你，是慕汐的头号学霸冯昊东给你出头摆平的？这是真的吗？”付萍萍急急火火地回到宿舍，看到夏朵正在压腿练习基本功。

“唔，算是吧。”

“现在全学校都传疯了，说是冯昊东学长为了转校生夏朵，不惜向关慕宣战了。想想都觉得太梦幻了，英雄救美，白马王子与灰姑娘，白雪公主和王子，美人与野兽……唔，这个好像不对。”

“我发现你被童话毒害得太深了。”韩飞推门进来，沉重的课本被她扔在书桌上，发出一声闷响。

“你懂什么？切。”萍萍撅着小嘴巴，“夏朵，我觉得昊东学长很不错，你可要好好抓紧，机不可失，失不再来。”

“嘭！”的一声，韩飞又摔门出去了，这一次的响声更大了。

“疯子，这门早晚被她摔坏。”萍萍小声嘀咕了一句。

“哎呀，萍萍，事情不是你想的那样的，我和昊东学长，我们……”夏朵太无语了，她要怎么告诉萍萍，自己不过是和昊东从小一起在福利院长大，其实，他就像是那炙热的太阳，温暖，耀眼，却又是那么遥不可及的。

与此同时，在浮水路的别墅里，老管家敲响了关慕卧室的门。

“阿慕，先生今晚要招待圣星的董事长和夫人，先生嘱咐，请您换好衣服，准时到楼下宴会厅等他。”老管家试探着在门口低声询问着，“现在时间差不多了，您是不是要准备一下？”

“好了，我知道。”里面传出慵懒无力的声音。

须臾，老管家在别墅一楼大厅，看到一个俊朗而沉重的身影从楼梯上款款走下。

圣星集团的董事长，正是千美瑶的父亲，在A市圣星也算是大企业了。因此，关睿宇格外重视今天的宴请，竟然亲自站在那里迎接。别致的西装、挺拔的身姿、微微上扬的下巴，让骄傲与亲切彰显得恰到好处。

“这是犬子，关慕。这是我的夫人戴美子。”关睿宇优雅地对着宾客微笑，还不时拍着关慕的肩膀。

这样的场面就连关慕也会产生错觉，他会以为自己有一个慈爱的父亲，他以为自己真是个优秀的孩子。可事实却是相反的。

当宴会结束后，关睿宇解开领带，“刚才为什么要那样做？你是什么东西？居然敢拒绝圣星董事长千金的邀请？她哪里配不上你吗？”

“我什么东西都不是，我是人。”关慕扬起倨傲的下巴，对关睿宇一字一句地说着，“我是你的儿子。”

“那么你也应该知道，生在关家，就意味着你的一言一行不能随心所欲，它都代表着我们的家族和关氏集团！”

就在刚才，圣星董事长的千金千美瑶主动邀请和关慕共舞，却被他无情地拒绝了，虽说圣星如今还敌不过关氏在A市的地位，但关睿宇对圣星却早有野心。

“所以，您才会在那些人面前逢场作戏吗？”关慕穿一身暗褐色的法国订制西装，精致的立领方格衬衫，显得格外潇洒。

他的确是长大了，身高早已经超过关睿宇，再也不是那个哭哭啼啼在关睿宇房门外、祈求一个小小拥抱的小男孩了。

“你，说什么？”带着微醺，关睿宇的语气危险极了。

“阿慕，你醉了。”老管家上前去搀扶关慕。

“睿宇，别听阿慕胡说，他是孩子，孩子的话怎么能当真呢？”戴美子扮出贤妻良母的样子。

“我说，你很虚伪，只会在那些人面前做戏，让外人都以为你对我这个独子多么宠爱有加。在没有人的时候，就会立刻变脸！！如果我妈看见你这副虚伪的样子，她一定会瞧不起你！”

“啪。”一个清脆的巴掌落下，这已经不是关睿宇第一次打关慕了，在儿时的记忆里，父爱就是那高高挥起的巴掌。

“你不配提起你的母亲。”关睿宇红着眼睛，他由着戴美子架着他，指着关慕的鼻尖，“Bad boy。”

那之后，关慕请了三天假，这三天，夏朵的世界变得异常地安静，没有突然伸出的腿，没有挡在路中间的障碍物，书本也不会平白无故地消失，当然，也不会有微凉好闻的薄荷气味。

平静地过到了周五，从慕汐回福利院的路上，夏朵和冯昊东肩并肩地走着。

“你不是说，周末要去采风吗？我还以为，你不会来了呢。”洁白的肌肤透着微微的红色，乌黑光滑的头发梳成一个马尾，她的美，让人忍不住会去悄悄地偷看她。

“临时改了时间。是院长让我跟你一起回去的。”冯昊东双手放在口袋里，语气里有些无奈。

“院长也真是的，我已经是大人了，还总是这样麻烦你。”她红着脸低下头。

从车站回福利院的小路上，他在前，她在后，就这样，一步步，静悄悄地走着。若是真能一直这样走下去，那该多好？哪怕只是这样安静卑微地站在昊东的身边，哪怕只是这样徐徐地跟着他的步伐，哪怕只是这样静静听着他的脚步声，夏朵都觉得无比幸福，就连空气都变得清甜了。

“夏朵。”冯昊东突然站住了脚步。

“唔？”夏朵单纯明朗地扬起脸颊，白瓷一样的肌肤里有淡淡的粉红色，乳白色的毛衣上，她的黑发慵懒地倾泻着。

“算了，没什么。唔，你的毛衣补好了？这是院长给你织的那件吧？”

“是啊，是院长去年春节送给我的。”夏朵的脸上有淡淡的忧伤。

夏朵并不知道，那个时候的槐树林荫里，站着一个颀长的身影，他看着她在冯昊东的面前低着头，看着她绯红着脸，她真的很喜欢他吧？才会这样傻傻地跟着他，傻傻地笑？

落叶被关慕用力地碾烂，他蓦然转身，拎着购物袋的手指微微握紧。

回到浮水路的别墅，关慕第一眼看到了老管家，将购物袋横空丢出去。

“这个，给你了。”

“这是S码的，还是女式的，我一个老头子怎么穿啊？”那购物袋里，赫然的是件乳白色的毛衫。

不过，从那天以后，慕汐出现了一个奇怪的转变，那就是关慕不再欺负夏朵。即便她从他的面前走过，即便她挡住了他的去路，即便她慢吞吞地摸索着阶梯教室的门，关慕都对她熟视无睹。

“怎么了？猫捉老鼠的游戏，你终于玩腻了？”金铭此刻和关慕在学校食堂的 VIP 区域，这里是只有关慕金铭这样的特殊子弟才能出入的，在慕汐，像这样带着 VIP 标记的地方屡见不鲜。

金铭看到的关慕，此刻正用食指和中指托着下巴，静静地从五层楼的窗户里看出去，校园的秋日风光瑰丽无比，蓝天白云，可他的眼里能看到的，却为何永远都是那一种淡淡的悲凉。

“喂，是某人玩累了？还是某人换了口味?”金铭是关慕身边唯一的朋友，这样的玩笑也只有他敢说。

“吃你的饭。”关慕眉心之中的暗黑色表明他今天心情很不美丽。

与关慕不同，这几天付萍萍的心情大好，因为远离夏朵的禁令已经解除了，她又可以回到她最最喜欢的夏朵身边了。

学校食堂的公共区域，付萍萍拉着夏朵兴奋不已。

“夏朵，真高兴，能和你一起吃饭。那个关慕啊，总算是放过你了，太好了，今天务必要吃 3 个鸡腿，好好地庆祝一下。”

“你不知道，之前我一个人吃饭，食欲都不好呢，害得我每天只能吃下去两个鸡腿，你看看，我都瘦了……”萍萍手舞足蹈的。

就在这个时候，她手上一滑，那已经啃到一半还残存着少许酱汁和肉丝的鸡大腿残骨从她的手里滑了出去。

完美的抛物线，之后，鸡腿顺利地砸到了一张俊美冰冷的脸上。

“真是乐极生悲啊。”现在的萍萍心里就这一个想法。

“夏朵，完蛋了。”萍萍此刻只觉得，天都塌了，“我的鸡腿跑到关慕的脸上去了。”

“什么？”

整个食堂的公共区域死一般的寂静，那可是关慕啊。虽然他的头发上挂着鸡腿肉，虽然他的脸上还有酱汁的污渍，那样子滑稽极了，可是没有人觉得好笑，只觉得害怕。

“那个……对不起，对不起。”萍萍挤出这辈子最艰难的笑脸，僵硬地拿下那挂在他头发上的鸡肉。

“好笑吗？”几秒钟之后，他抬起头，褐色的眸子一闪，他已经揪住了萍萍的脖颈。

“这么好笑吗？戏弄我，这么有趣吗？”冰冷的语气、恶毒的眼眸里有鲜红的血丝，关慕真生气了。

“不……不是的。”可怜胖胖的小萍萍被关慕单手捏住了脖颈，毫无挣脱的力气。

原本以为他只是吓唬吓唬萍萍，可是金铭却看到了他眼角那道不足半寸的疤痕撑开了。每次只要他气愤到了极点，那疤痕都会被撑开，斜斜上扬着，犹如恶魔一般狰狞的面孔。

“喂，关慕，不要跟女孩子动手，这样不够绅士吧？”连金铭去劝他的时候也只能试探性地开玩笑着说，因为这个时候的关慕是最危险的，时刻带着攻击性。

“喂，萍萍，你怎么了?”夏朵挥舞着手指，冰冷的指尖摸到了坚硬的肌肤和那爆出的血管，“你放开她，关慕，快放开萍萍。”

她蓝色的眼睛，是因为焦急才带着红红的血丝吗？等等，她在哭吗？

“关慕，你这个大混蛋，你快放手，这样萍萍会没命的，求求你，快放手啊。”她真的在哭。

陡然的，他松开手，萍萍吓得大口大口地喘息，“夏朵，我以为我死定了，还好，有你在。夏朵，呜呜呜……”

“我们走……”他恢复了淡定，竟然看也不看她们。

岂有此理，夏朵怀里的萍萍惊魂未定，而夏朵却气愤地跳脚站起来，在所有人的面前，在他的身后大喊着。

“关慕，你是我这辈子见过最差劲的人，你是这个世界上最坏的人!”

关慕的心头一涩，她就真的，这么讨厌自己吗？

冰冷俊美的脸上，他无力地扬起嘴角，“你，终于知道了？我原本就是这样的人。”

第三章
薄荷微凉的他

“喂，阿慕，这次你玩的有点过火了吧？再怎么说，那个胖妞也是女孩子，你怎么好对女生下那么重的手呢？”VIP 的休息室里，金铭对关慕这样说。

“你又算个什么？什么时候，轮到你管我的事了吗？”

“Ok，ok，我算什么，我不管！”金铭走出 VIP 休息室的时候，迎面见到了正在偷听的千美瑶。

“金铭，关慕他，还好吗？刚才我有看到，很久没有看到他发那么大的脾气，我很担心他。”千美瑶钟情于关慕，这是慕汐人尽皆知的事，只是万年冷漠的关慕一直不为所动。

“劝你还是不要进去。”金铭无奈地摇着头。

“怎么？连你也不能劝住他吗?”

“不知道他发什么疯，已经好久没有见他这样了，天知道他现在又在为什么生气。也许是在生气那个夏朵骂他的话?”金铭思索着，“可是不应该啊，如果阿慕真的生气，按照他的脾气，八成儿早就上去挥拳头了。”

“又是因为那个夏朵吗?”千美瑶拎着香奈包包的手指微微攥紧。

“夏朵，你，你刚才是骂了关慕吗?”直到所有人都离开，萍萍才吞咽了口水，敢低声这样问着。

“唔，好像是。”

“太可怕了，夏朵，你完了。慕汐是关家投资创办的，向来没有谁能得罪了关慕还能继续平安无事地待下去的。你好好回忆一下，你真的骂他了吗?”萍萍坐在冰冷冷的地上摇晃着对面孱弱而又天真的夏朵。

“她骂了……我们都听到了。”是千美瑶的跟班安琪，她此刻幸灾乐祸地环抱着自己的手臂，“恭喜你啊，转校生，看来我们再也不用忍受和你一起上课了，过不了多久，你应该就会被勒令退学了吧？真是大快人心啊。”

“安琪，你太过分了。”萍萍还想理论，然而，夏朵纤纤的手指拉住萍萍的毛衣，浓密乌黑的睫毛眨了眨，宽容温和地笑着摇了摇头。

周四的下午没有课，当韩飞回到宿舍的时候，夏朵和萍萍两个人一副大难临头的样子。“怎么了？女超人做过了，现在知道害怕了?”

“韩飞，你不帮忙出主意就算了，别再落井下石了。这样太不好了啊。”萍萍白了她一眼。

“有在宿舍里发呆的时间，不如想办法去补救。”韩飞翻找着书架上的书本，一本本地往背包里装。

“干脆，去找他道歉吧。”夏朵拍案而起，忽地又有些退缩。就算她看不到，也知道关慕那个人很冷，就跟他身上的薄荷气味一样，冷冽幽微，一想到去跟他道歉，夏朵还真有一点发憷。

“挂白旗？这个主意不错。”伴随着韩飞半嘲笑的语气，宿舍的门再次被狠狠地摔上。

“萍萍，关慕，他是个什么样子的男生，唔，我指的是外貌。”夏朵眨巴着洁净的眸子这样问着，说起来，她真的很好奇，这个冷冰冰的男孩到底张着怎样的一张脸，“他的脸，一定很臭吧?”

“才不是。”一说到关慕的外貌，萍萍显出颇为自豪的样子说，“他可是慕汐的标致诶，一米八几的身高，宽阔的肩膀，幽暗深邃的褐色眼睛，还有那垂直过眼的头发，遮住半边脸。该怎么形容呢，虽然他总是板着脸，但真的很帅，那气质就像是王子。再配上那张绝美的脸，可以堪称完美了。”

萍萍此刻花痴的模样尽管夏朵看不到，不过已经可以猜到七八分了，“你要不要这么夸张啊？你忘了，他中午的时候那样对你了？”

“美男犯错，是可以被原谅的。”

花痴无敌，这下是真的没救了。夏朵心里这样想着，却暗暗打定主意，在黄昏的时候，她一个人来到阶梯教室的楼顶，抱着试一试的心态，她来寻找关慕。

“你在吗？”一个洁白的身影在顶楼的门口立着，月光清冷的洒在她飞扬的发丝上，她的手指在空中挥舞着，一点点艰难地摸索着。

“你还敢来？不怕我这个坏人欺负你？”关慕一条腿在顶楼外摇荡着，他喜欢坐在顶楼，喜欢在这里抽烟，尤其喜欢在晚上。这里，会让他觉得他不再那么冰冷，不再那么孤独，也是这里，离他思念的人最近的缘故吧。

“因为第一次就是在这里遇见你，我以为能在这里找到你。”她是在紧张吗？看着她娇小单薄的身体在寒冷的秋风里瑟瑟发抖，关慕的心居然开始暖了起来。

她，竟然是来找自己的吗？

“什么事？”不等夏朵说完，他已经冷声问道。

“唔。”果然是关慕，“这个，这个给你。”夏朵伸出手里握着的纸袋子。

“什么？”他用目光在纸袋子上略微扫了一眼。

“是香水。”夏朵甜甜地笑着，立刻出现了好看的酒窝。

“我不要。”关慕的心颤了一下，可是下一秒，他恢复了冰冷，顶楼的风很大，吹在耳畔只听到了呼呼的声音，像是恶魔在低吼，秋风像是刀片一样，刮在她的脸上，很疼很疼。

“是薄荷味的，我知道你喜欢薄荷味。”夏朵抢先一步，掌心里捧着那幽暗的绿色袋子，“其实，我是来跟你道歉的，对不起，今天不该那么说你。”

“好了，东西放下，你可以走了！”关慕的心在发抖，她居然知道自己喜欢薄荷味吗？她居然知道！

“好。”夏朵有些失落，她遥遥地放下购物袋，落寞地转身，她不知道，此刻那个男人的目光一直在她的身上，“哦，对了，你也早点回去吧，这里好冷，当心感冒。”

她，这是在关心自己吗？

浮水路的别墅里，关慕兴奋地高叫着。

“管家，你快看，是同学送我的，是薄荷味道的哦！”他像是在炫耀，那天，他快乐极了，棱角分明的脸上第一次荡漾着孩童般的笑容，“你说，我要送她什么呢？总要送还她一些什么才好吧？”

“您可以送给她您的真心啊。”老管家凝视着他，比起任何人，这个冰冷的孩子，许久不曾得到爱的孩子，他最该去做的不就是学会爱一个人吗？

“我的真心吗？”关慕却失神地再也说不下去了。

时间一天天过去，想不到关慕却一点动静都没有，夏朵没有被退学。那些最初翘首以盼的人们开始失望，等着看夏朵惨状的人没有如愿以偿，她不仅留了下来，而且关慕也没有报复她，她对关慕的谩骂就这样不了了之了。

“这可是从没有过的事情啊，你有没有觉得，关慕对那个夏朵，和对别人不太一样？”安琪举着奶茶，跟在千美瑶的身后八卦地说。

“够了！！”千美瑶愤恨地咬紧牙关，她忍这个夏朵已经足够多了，如今，已经到了忍无可忍的地步了。她讨厌夏朵每次纯善地对着关慕笑，对着他眨着那双无辜的眼睛，她更讨厌关慕看着夏朵的眼神，不管在任何地方，哪怕是能装下几百人的阶梯教室，他也能将目光落在她的身上，那么专注，那么怜爱。这一切都是那么令千美瑶无法忍受。

虽然萍萍一直担心的被退学和报复没有到来，但英语竞赛考却如期而至了。

“半年不看书，考前抱佛脚”，这就是萍萍现在最真实的写照。看着那些英文字母和长篇的文章，萍萍的两只眼睛已经在开始互搏了。

“我报考慕汐的时候，就是奔着摄影来的，想说这里是艺术学校，应该不用学文化课了吧？哎，想不到最后还是难逃魔掌。”萍萍垂头丧气地倒在课桌上的时候，夏朵却专心地在听复习录音。

“夏朵，你也太聪明了吧？居然想到了这个办法。”萍萍拎起夏朵手里的 mp3，上下打量，“其实，你根本不需要做笔记的，每次上课把老师说的话录下来，等复习的时候拿出来听就可以了啊。你那么聪明，一听就能记住。”

“那怎么行？还是要动笔写一遍，记忆的知识才深刻啊。”

“其实，你根本不需要这么努力的吧，学校和老师本来对你也没有什么期待的，你干什么这么拼命啊？”萍萍实在搞不懂像夏朵和韩飞这样拼命读书的姑娘到底是为了什么，在她看来，只要成绩马马虎虎过得去就可以了，这么折磨自己的脑细胞，太自虐了吧？

“你不懂。”夏朵脸颊上荡漾着嫣红的美丽，“因为他很优秀啊。”

“谁？哦……夏朵，你居然有秘密，快说啊，到底是谁。”

自习室的最后一排，她们两个扭打在一起。洁白的毛衫上丝绸般的秀发起了静电，她笑得气喘吁吁，白瓷般的肌肤上红艳艳的，显得那么好看。

英语竞赛考那天，夏朵和关慕被安排在同一个考场，就连座位也是隔着不太远，关慕从赫然写着“夏朵”的座位前经过，心情也跟着飞扬起来。

“有没有看错啊？关慕居然来参加考试了？今年怪事特别多呢。”同学们七嘴八舌地议论着。

“喂，这位同学，考试了，不要睡大觉。”监考老师不客气地敲打着关慕的课桌，教室里安静的氛围让关慕沉沉的气息显得格外清楚。

“可恶，怎么睡着了。”他睡意蒙眬地伸展着自己的身体，才发现，那前方不远的位置到现在居然还空空如也。

“老师，有人缺考就可以了吗？”可恶，他堂堂的关慕来考试现场睡大觉可就是为了她，她居然还好意思缺考吗？

“你说夏朵啊？”说话的是安琪，这次考场排座位，刚好她在关慕的身边，“她早就交卷走人了。”

可恶，居然没有见到？硬朗脸颊上的线条忽然闪过一丝失落，挥起钢笔，在试卷上飞快地签下他的名字，然后头也不回地走掉了。

“还是白卷？关慕，你就是来睡觉的吗？”只剩下监考老师在他的背后无奈地发着牢骚。

英语竞赛成绩发榜的那天，整个学校都沸腾了，倒不是因为全校第一还是被冯昊东蝉联着，而是因为，这一次紧随冯昊东之后的，竟然不再是韩飞，而是……

“夏朵!!”萍萍看了榜单之后，尖叫着冲到夏朵的身边，几乎要把夏朵的耳膜震坏了“你，你，全校第二!”

“是吗？只是第二吗？”夏朵提起的心一瞬间还是有些失重的感觉。

不过，第一名应该是他吧？如果是他就没有关系，因为，她是那么愿意在他之后，安静地追随着他的脚步。

“这已经很优秀了，想要超过咱们昊东学长是没有可能的，不过，你已经完胜韩飞了。她天天死读书，到最后成绩还不如你，看她还好意思再嘲笑我。”萍萍越来越喜欢依附着夏朵，宛若夏朵成了她的专属金牌，因为夏朵是那样的光彩照人，所以那圣洁完美的光辉仿佛也能照到萍萍的身上，让她甚是自豪。

不过，那之后的日子里，韩飞回到宿舍的动静就越来越大了，带着怨气地摔打，对夏朵再也没有从前那样客气了。

这天，金铭搭着关慕的肩膀，从画室走了出来，迎面遇见了夏朵。关慕的心脏一刹那居然有跳出喉头的冲动。

“喂，转校生，你穿舞蹈服的样子还挺好看。”金铭玩味地笑着打量夏朵，如果她能看到，大抵也会看见金铭身侧那双炙热的眼眸，还有他几乎无法掩饰滚烫的爱慕之情。

“谢谢。”洁白的脖子上空荡荡的，她不自在地抚摸着自己的肌肤，“唔，香水，你用了？很好闻，很适合你，冷冰冰的。”

这确实不像是一种夸赞。尽管，在夏朵的认知里，那凉凉的、沁人心脾的薄荷气味是那么独特芬芳，但在关慕听起来，这句话怎么都像是一种讽刺。

“很适合我？冷冰冰的？”关慕轻移了步伐，一点点逼近她，如此精致的五官，通透如玉的唇因为紧张轻轻地抿住。

“不好了，后湖有人落水了！”就在这个时候，一个学生的声音从第一教学楼下传来。

后湖？那里很少有人去，因为过了年，学校要在后湖那里重新盖一片宿舍楼，所以这学期没有人会打理那里，如今的后湖已经一片荒芜。

“后湖的围栏都拆掉了，不注意是很容易落水。不知道是哪个倒霉鬼。阿慕，我们去看看吧？”金铭笑吟吟地分析着。

“我才懒得管闲事。”狭长的眼眸在面前少女的身上停留了片刻，带着温柔和喜悦，而后潇洒地走开了。

夏朵能感知的，只是他身上那独有的薄荷味道，夹杂着淡淡的香烟味，很好闻很好闻，是专属于他的那一种味道。

“昊东，周五我可以和你一起回福利院吗？”每到周末，夏朵都会约着昊东一起回福利院，那短暂的独处时光足以让夏朵幸福，她快要飞起来了。

“不行。我这周约了人，不回去了。”冯昊东的声音听着很疲惫。最近，他的语气总是这样，他，真的很辛苦吗？

“那好吧，不过，学习再紧张，也要注意身体的。”夏朵悻悻然地离开。

时间久了，就连付萍萍都能看出来，夏朵喜欢冯昊东，这也难怪，冯昊东是那么优秀，成为万众瞩目的学霸不算，他居然还有着绝美俊朗的外貌。最重要的是，他总是代表正义突然出现，保护着夏朵，所有与英雄有关的因素他都具备，想要不迷恋他真的是太难了。

“喂，夏朵，听说，你和你的昊东学长是从小一起长大的？来来来，给我们说说你和他的成长史吧。今天允许你秀幸福。”

萍萍一副好事者的样子钻出被窝，能听出来，她一定是在犯花痴。

“我们是从小一起长大的，他从小就很聪明，很……与众不同。”她的声音很轻很柔，仿佛在回忆的河流中自由地徜徉一般。

“谁要听这个？我要听你们甜蜜的经过。比如他有没有拉过你的小手手。”萍萍想想都觉得幸福。

“还让不让人睡觉??要说话就出去说!!烦死了。”忽然，对面床位的韩飞不耐烦地吼叫了一声，然后把自己的身体在床上翻来覆去地摔打了几下，弄出惊心动魄的动静后，就再也不出声了。

“切，有什么了不起，事儿倒不少，学习成绩就不如我们夏朵。”萍萍纵然不平，也只敢小声嘟囔两句。热火朝天的卧谈会就这样在韩飞的抗议之后，无声无息地结束了。

阿慕，阿慕，妈妈的好孩子。

阿慕，阿慕，妈妈的好孩子。

重复的噩梦，从那件事之后，关慕的夜晚总是难以成眠，虽然只有 20 岁，可关慕却有着多年的失眠史，还有抑郁症。

翻了个身，他烦躁地打开窗户，关宅内外都一片寂静，院子里种着法国梧桐，月光照在树干上有淡淡幽微的光泽。冰冷的夜，幽蓝的泳池里荡漾着涟漪，他一个人在院子里独自徘徊，在月光下，他手里摆弄着那一小瓶淡绿色的液体。

“您为什么还不休息？天冷了，请您回去休息吧。”老管家站在他的身后，那阅尽一切沧桑的目光落在他手中小小的玻璃瓶子上。

“老管家，我还是会失眠，只是，今天却很想一个人坐一坐。不用管我，放心，我不会酗酒也不会抽烟。”

“您真的变了。”

入冬了，风中夹带着水汽和树木清新的味道，天空暗沉沉的，关宅寂静得犹如空谷，掉一根针都能听到回声。可是那一晚，关慕的心却是那么地欢愉，仿佛有一颗又一颗火星在他的心脏里跳动着，炙热滚烫得仿佛要撑破他的胸腔。

“明天，我会去找她。”他的眸子陡然间，犹如星星一样闪亮。

奇怪，每天她都是准时到教室的，今天，她居然一直到现在还没有来？

关慕看着自己腕表上的时间一点点接近上课时间，夏朵居然没有来？

"我刚才看到夏朵往后湖去了，那里不是才出过事吗？"教室门口肩并肩走进两个女孩，其中一个对另一个说，"太危险了，后湖那地方平时都没人，我自己可不敢去。"

"后湖？"关慕原本趴在课桌上，忽地就坐直了身体，深褐色的瞳孔忽然缩紧，"她，去了后湖？"

"喂，阿慕，你今天好早……喂，你去哪？"金铭走进教室，才看到关慕第一眼，他就从座位上弹了起来，一溜烟似的一转眼消失在门口。

后湖很大，椭圆的湖面原本是被围栏围住的，岸边有一处茂密的松树林，原本还有鹅卵石的小路，可如今已经都被泥土和枝叶掩盖了，再也分辨不清楚了，几乎没有一条路是毫无障碍的。

莫说看不到的夏朵，就是关慕，一路走来也是深一脚浅一脚，时不时要看着前方，以防被绊倒。没有围栏，如果她迷迷糊糊地摸到湖边，掉进去的话，这里连救她的人都没有。关慕的心，第一次这样不安，一想到夏朵可能会落水，会这样沉入冰冷的湖水里，关慕的五脏六腑都好像被绞在了一起。

难道，才想要拥有，就要失去了吗？

"夏朵!!"叫声惊起了松树林里的飞鸟，在后湖上荡漾着回音，之后，又是一片寂静，没有回答，没有人影，湖面平静极了。

这样的平静让关慕发了疯一样地接着喊第二声、第三声，如果她再不出现，关慕大概真的会跳进湖里，或者干脆叫人把这该死的湖水吸干。

“你是谁？为什么在喊我的名字。”从关慕身后那布满荆棘的松树林里走出一个身影。洁白的裙摆上挂着密密麻麻的松针，还有小小的松针刺入她的毛衣里，她的脸和手背这些裸露的肌肤，被松针划出一道道深浅不一的白痕。额头和膝盖上各有好大的一处血迹。

她居然走进松树林去了，也难怪，后湖她没有来过，这是第一次。她看不到，凭着感觉走，一定是迷路了，好在，她没有走到湖边。

关慕屏住呼吸走近她，尽管今天她的头发上有脏兮兮的灰尘，手掌和裙子上都是泥土。她，居然还是这么美丽，她的美丽让关慕的心一下子就柔软了下来。

“是，昊东学长吗？你来了吗？”忽然，她瞪着美丽的眸子静静地看着他，却这样问道。

原来，她不顾危险来后湖，就是为了来见他的吗？弄得满身狼藉、伤痕累累，却还在期盼着他能来吗？

“跟我来。”他紧紧地握住她的手，却发现她的步履艰难，膝盖上那一道道疤痕关慕都不陌生，是他害她这样的。

关慕抄起她的腰身，打着横的把她抱在怀里，她的手因为慌乱而抓紧了他的衬衫领口，第一次，有人这样紧紧地依偎在他的怀里，第一次，他感觉到有人如此需要他。隔着毛衫，关慕感觉到她肌肤的温度袭来时，他的心陡然一颤。

至此，夏朵才嗅到那一丝丝淡淡的薄荷微凉，是他？居然是他吗？可是，他为什么会出现在这里？

医务室里，在关慕冷冷地注视下校医给夏朵包扎着伤口，一些花痴的女护士则频繁地出出进进。

不多时，一个莽莽撞撞的胖丫头跟着一个高大的身影跑进来，是萍萍和冯昊东。见到夏朵，冯昊东紧张地冲向她，“夏朵，你受伤了吗？严不严重？”

可恶，假惺惺，如果真的这么怕她受伤为什么约她去后湖？关慕一个冷哼，白了一眼冯昊东。

而关慕却丝毫没有注意到，那个胖丫头萍萍正在对自己虎视眈眈。

“关慕!!”

有没有搞错，那个上次被自己吓得哭哭啼啼的付萍萍居然敢对自己大吼大叫？而且还是当着这么多人的面？

“你叫这么大声干什么？我又不聋。”

“你有什么就冲着我来，为什么要欺负夏朵？难道，你欺负她还不够多吗？是非要逼她退学你才高兴吗？”付萍萍如果是在平时一定没有这样的勇气，但是想到夏朵今天的遭遇，她就不知道从那里得到了底气，居然敢这样对关慕歇斯底里地大吼着。

“嗯？”这都什么跟什么啊？明明他是英雄救美，怎么还说他欺负夏朵呢？看来真是干惯了坏事难得做一次好事也没人会相信了。

“不就是上次在食堂夏朵骂了你两句吗？你一个大男人至于吗？要逼她一个女孩子退学？再说，夏朵不是都给你道过歉了吗？不是还送你香水了吗？”萍萍气呼呼的一口气接连五个反问句，此刻她的口才实在是太好了，想不爆发都难。

“香水？你是说，她送我的那瓶香水，是怕我逼她退学？”

原来，一切都是这么一回事？只是怕自己逼她退学吗？为什么，那双清澈善良的眼睛怎么会欺骗自己？为什么，那晚她明明如此真切的关心过他，难道一切都只是因为“怕”？

瞬间，他这几天的快乐和温暖一股脑似的像是被龙卷风袭击了一样，全部被连根地吹走，将他心里才刚刚燃起的一丝温暖和对爱的希冀一点不剩地全部带走了。

“那不然呢？你以为夏朵会把你当朋友送你礼物啊？你之前那么欺负她……”萍萍撇着嘴，不过，当她撞见关慕那凶狠的眸光之时就彻底丧失了底气。

那之后，关慕飞起一脚踢开校医务室的门，怒气冲冲头也不回地走掉了。

“萍萍，我觉得你刚才那么说关慕，对他不公平。”夏朵垂着眼眸，那双清澈的眼睛忽然暗淡了下来。她能感觉到，其实，他是个好人，有一颗温暖的心。

“你说什么呢？他总是欺负你，我这么说他，对他再公平不过了。”、萍萍不以为然。

“是他救得我啊，如果不是他，我现在还在松树林里狼狈地走呢。”夏朵揉着自己的膝盖，好疼。

“那是，他先骗你去松树林，然后再救你。谁不会啊？”萍萍气鼓鼓的。

“不是他，是昊东学长约我来的啊。”

“我？我，我没有啊……”昊东无辜地摊开手“我是被萍萍告知说你一个人来后湖的，我们很担心你，才来找你的。我从来没有约过你啊。”

萍萍似乎忽然察觉到了什么，“夏朵，是谁告诉你昊东学长在后湖的？”

不是昊东学长吗？那，难道是她？是她故意骗了自己去后湖吗？可是，她为什么要这样做？

“没，没谁，那可能是我自己听错了。”夏朵尴尬地笑着。

还是漆黑的夜，关慕暴躁地在健身房挥拳头，在关宅，无论他多么伤心，多么愤怒，多么沮丧，都引不起任何人的反应。所以，挥拳头不是为了抗议或者引起家人的关心，那不过是为了让他的怒火随着汗水一起挥发掉的一项运动罢了。

“阿慕，已经很晚了。”老管家照例来催他去睡觉了，十数年如一日，他就这样从一个孩子孤独地成长到 20 岁。

“我不想睡。”因为挥拳，他的声音也跟着颤抖，健硕的肌肉和绝美的侧脸上有晶莹的汗珠儿。

“您今天有没有去找她？告诉她您的想法？”

忽的，他的拳头停在空中，告诉她？是啊，他原本都忘了。今天，他是准备去告诉她些什么，可是无所谓了，反正她根本不在乎，她那么讨厌自己。

“您没有说吗？”

“出……去……”他又恢复了那个无礼冰冷的关慕，拳击手套打在沙袋上，扬起一层层灰尘，那灰尘仿佛是落在心头的，却在今天又加重了一层。

“原来，只是为了讨好我吗？”关慕瘫软在沙发上，大口大口地喘息，手边是那幽暗绿色的小小瓶子。如今，那瓶子竟然这样碍眼，提醒着他，自己是如何可笑、如何白痴。

怒火熊熊燃烧，他握住那幽暗绿色的瓶子，扬起手，只要一松手，它就会以一个抛物线的弧度被抛出去，那美丽的玻璃也一定会摔得粉碎。

可是，他的手却蓦然地停在空中，终究是不舍得丢掉的吧……

第四章
守护她的天使

慕汐是A市最美的大学，即便到了万物凋零的冬季，在这里依旧可以见到芳菲满园的景色，松柏绿竹，还有那些应季的花朵。

柏油的小路上，有薄薄的一层白雪，踩上去软绵绵的，像是在云朵里，脚下发出咯吱咯吱的声响。

那天，是A市冬天的第一场雪，洁白的、静谧的雪铺向大地。

关慕在教室的一角靠着暖气的位置睡着大觉。从后湖回来那天之后，关慕就恢复了睡大觉的习惯，一天能睡上十五六个小时，生活混混沌沌，偶尔不睡觉的时候，也多半是和金铭去厮混。

“关慕!!”一个女孩子恶狠狠的声音吵醒了他，就在他慵懒地抬起头准备发火的时候，一个脆生生的巴掌居然抢先一步落在他绝美的脸颊上。

瞬间，所有人都怔住了，金铭因为吃惊而张大了嘴巴。

“夏朵，你，你这是?”金铭上下打量着面前这个满身是雪的女孩子，裙摆被扯烂了一条，毛衣也歪歪扭扭地挂在身上，身后是昊东和萍萍。

“关慕，你这个大混蛋，我恨你!”夏朵的鼻头通红，眼角有红彤彤的痕迹，看来是大哭过的，脸上还能清晰地看到五指印，脖子上也有一些抓痕。

“你，这是怎么了?”关慕不知所措，她在哭，紧咬着下唇，眼泪一颗一颗地落下。

关慕修长的手指猛然抓住了夏朵的肩膀，“告诉我，是谁把你弄成这样的?”

“放手!”冯昊东用力将夏朵揽入他的怀抱，关慕的手指在空中尴尬地停留着，而她却依赖温顺地偎在冯昊东的怀抱里。

“关慕，如果你还不满意，就来找我，像个男人一样，我们打一架。”冯昊东说完放软了语气对怀抱里的夏朵又说“夏朵，我们走。”

除了目送他们，关慕不知道自己还能做什么。

“关慕，你又干什么了？”就连身边的金铭都这样以为，何况别人？

“金铭，这件事帮我查查。”眼角的那道不足半寸的疤痕皱在一起。

原来，夏朵之所以那么狼狈地出现在关慕的面前，之所以挥手打了他，是因为在那之前，她遭遇了有生以来最屈辱的事，而她以为，这一切都是关慕指使人做的。

那天，夏朵一个人回宿舍，为了抄近路，她就一个人走进那槐树林，那条小路一直可以通到她们宿舍楼下，夏朵早就对常走的路熟记于心。

然而，途中却发生了让她意想不到的事，两个男生拦住了她的去路，声称要借钱。夏朵将口袋里仅剩的50元战战兢兢地交给他们。

“不对，肯定被你藏了，怎么就这么少？搜身！”其中一个男孩立刻毫不客气地扑向夏朵，她吓坏了，那四只大手紧紧地抓住她，夏朵只是拼命地啼哭和挣脱，她的裙摆、她的毛衣都是在那个时候被对方抓坏的。

因为夏朵的“不听话”，让那两个小混混很是不满，他们打了夏朵的脸，勒住她的脖子，幸好萍萍从那条路经过，幸好冯昊东去找夏朵，及时地把她救回来，否则后果不堪设想。

那天之后，夏朵有好几天没有来上课，宿舍也看不到她的身影，粉红色的睡裙安静地躺在棉被上，落寞地等待着它的主人回来。

“夏朵，你还回来吗？真没劲，没有你，宿舍一点也不开心，韩飞天天凶我，害得我食欲减半。”萍萍抱着电话委屈地窝在被子里。

“对不起，萍萍，我，不想回去。”电话那头，夏朵的声音沙哑且无力，“可能要退学了。”

“什么？”萍萍几乎不敢相信自己的耳朵，“退学？夏朵？为什么啊？你不会是真的打算向关慕他们那些人屈服了吧？”

“不是。”才倔犟地反驳了两个字，之后夏朵就失去了底气，“我只是太累了，一个原本就不属于我的世界，是怎么也无法融入进去的。一直以来，很感谢你。”

“不要，不要听你说这些，夏朵，你赶紧给我回来，我不要你走。”萍萍抱着电话和枕头，哭了一下午。

夏朵的退学申请是在一周后送到教务处的，学校的八卦分子们第一时间将这个消息传遍了校园，“夏朵要退学了，退学申请已经提交了。”

“看来这次，是真的把她给吓坏了。”金铭随口说道，认真地摆弄着他那辆新入手的改装摩托车。

关慕颀长的身体随意地靠在摩托上，“真是笨蛋，为什么要退学，这样一来，不就让欺负她的人得逞了吗？”

“欺负她的人？”金铭打赌，这是他这个学期听到最滑稽的一句话，“论起来在慕汐欺负夏朵的人，你好像是首当其冲吧？居然还好意思说？”

看着金铭无奈地摇头，还大有嘲笑的意味，关慕忽然灵机一动，他抄起金铭的钥匙，一个翻身，横跨在摩托上，“谁说的？我这就去救她。Bye。”关慕竖起中指和食指，帅气地对金铭示意。

“喂，我的摩托车，阿慕。”金铭叉着腰在那里大吼着，只剩下一串摩托车厚重的轰鸣声和一个俊朗的背影。那天，许多学生都看到关慕像是一阵风一样极速地朝教务处的方向去了。

几天后，慕汐第一教学楼前，仍旧站着一个姣好的身影，白色的裙子在空中飞扬着，脚下深褐色的靴子踩在积雪上，红彤彤的脸蛋上有甜甜的笑容。

“你终于回来了，夏朵，我好想你。”萍萍张开双臂朝夏朵跑过去，“我想你想得都瘦了。我们中午去吃熏鸡肉吧？好吗？”

“你确定有瘦吗？我怎么觉得你的腰围还是一如从前呢？”夏朵笑吟吟地拥着萍萍朝教室走去。

金铭背朝着窗户，玩味地笑着看向关慕：“你不是最不喜欢管别人的闲事了吗？这次怎么了？”

“金铭，你说什么，我不懂。”关慕不温不火地说着，可是眼底已经漾开一丝愉悦和温暖。

“少来，除了你，还有谁能让教务主任拒绝了那丫头的退学申请？又有谁能让那丫头去舞蹈特训班？你这么帮她，她却不知道。”

“这有什么关系，只要她高兴就好，知不知道都无所谓。”他靠着窗台，眯起了眼睛，第一次觉得这个世界竟然这样美好。

“阿慕，美瑶来了。”金铭低声在关慕身后提醒。

关慕环抱着自己的手臂，严肃冰冷的眸子足以让千美瑶不寒而栗，他挺起了脊背，眼角的那道疤痕微微上扬，周身带着戾气。

“关慕，你找我吗？”千美瑶妩媚的眼眸灿灿地望着关慕。

“你喜欢我？”关慕的语气之中有淡淡的挑衅，不等千美瑶回答，他已经厌弃地移开眼眸，“我不喜欢你，以后别来烦我。”

直截了当，金铭无语了，千美瑶好歹也是圣星董事长的千金，这么直接，好吗？

“还有，不许你再打她的主意。除非你想被退学。”他竖起的食指点了点千美瑶的方向，“这是第一次警告，也是最后一次。”

“你喜欢她，对不对?”千美瑶苦涩地问着，悲伤的情愫难以掩盖，“你喜欢那个夏朵，对不对?所以，你才会亲自把那两个小混混打得半死。这一切都是因为你喜欢她，对不对???”

“与你无关!”

只四个字，关慕说完拔腿就走，金铭想去宽慰千美瑶的时候，她已经流着泪跑开了。

“阿慕，你怎么对女孩子就不会温柔婉转些呢?”金铭忽然觉得千美瑶很可怜，在关慕的面前，她竟然那样卑微。

“我觉得很好啊。简明扼要，把我的意思和警告都表达得很准确。”关慕一副自以为很好的样子。

“不过，那两个家伙是受千大小姐的指使才去欺负夏朵的，却被你打得那么惨。”金铭摇着头。

“我还觉得不够!”关慕的眼前，是夏朵如仓惶受惊的小动物般颤抖的身体，还有那无助通红的眼睛，“她一定吓坏了吧?可恶。”

为了庆祝夏朵回学校，萍萍决定在宿舍里为夏朵办个火锅庆祝晚宴，虽然只有她们两个，不过依然很热闹。

拼起来的桌子上，电饭锅里的蔬菜和羊肉沸腾着，“咕嘟咕嘟”的声音像是唱着赞歌。

“夏朵，你能去特训班，这下你可赚大了，特训班是只有安琪千美瑶她们才能去的，都是有名的舞蹈家授课，进步会很大。”

“唔，是呢，我也是这样想的。”

“夏朵，外面又下雪了，上一场的积雪才化掉，现在又下了。”萍萍拉着夏朵兴冲冲地跑到窗台前，“夏朵，你摸摸吧，虽然你看不到，但是一定能够感觉到吧？咱们学校的雪景很美的。像你一样美。”

“萍萍，你说，学校为什么会拒绝我的退学申请，反而还会推荐我去特训班？”

“因为你好呗。”

“是吗？”

夏朵被分派到特训班学习后，和萍萍在一起的时间越来越少，夏朵的身边也在发生着一些奇怪的现象。

有一次，夏朵不小心踢翻了安琪的大提琴，“喂，瞎子，你是故意的吗？存心跟我过不去，是不是？今天必须教训你。”安琪用力地推搡着夏朵。

“对不起，对不起。”她脚下一个趔趄就这样撞到了身后人的怀里，夏朵只是觉得对方很高，而且胸膛暖暖的，还有淡淡的一种微凉的香味。

就在夏朵发愁自己又遇到麻烦的时候，安琪却一改前态，立刻柔声细语起来，“好了，好了，你走吧。”

“你的大提琴没关系吗？”夏朵心头犹豫，这可全然不是安琪的性格啊。

“你没事就好了，快走吧。”到最后，安琪的语气甚至还有些祈求的意味。

除此之外，夏朵还会发现一些异样，她在学校再也不会受伤了，每次轮到她值日的时候，那些经常会绊倒她的垃圾也都再没有出现过。

就算偶尔有人欺负她，也都不知所以地悄然退散。

“萍萍，你说，天使真的存在吗？”夏朵尖尖的下颏好看地枕着手臂，迷人的大眼睛静静地朝着太阳的方向，暖暖的冬日午后，她和萍萍都赖在宿舍里。

“唔，应该有吧。”萍萍说的话模棱两可，“以前，妈妈总哄我说，每个人都有一个守护天使在他的身边，保护着他，眷顾着他。”

“嗯，这个传说，院长也对我们说过。”夏朵很严肃地点头，“那你说，天使到底长什么样呢？”

萍萍翻了个身，却看到夏朵睁大了眼睛，出神地看着远方，她总是这样，明明看不到，却像是什么都在她的眼底，那一双纯净的眼眸中像是有着无穷的魔力。

“天使啊，应该就你这样吧，大大的眼睛，很单纯的样子。”萍萍的声音渐渐疲惫起来，接着，再不出声了。

第二天，上体育选修课的时候，萍萍和夏朵刚好看到这样的一幕，一个瘦瘦高高的女生，披着长长的卷发，拘谨地拉住了关慕。

“关慕，我、我、我喜欢你!”这已经不是第一次了，在慕汐，几乎每天都有女生准备向关慕表白，在众多牺牲掉的前辈后，她们总结经验，前仆后继，勇攀高峰。

“又有人向关慕表白了？这已经是这周的第三个了吧？哎，好羡慕哦。”金铭在一旁讽刺地笑着。

他的脸上居然没有一丝变化，仍旧低着头，微长的头发遮住半边脸，继续迈开步伐。

“关慕，能不能考虑一下，让我做你的女朋友？拜托你。”女生柔柔弱弱地又说。

他居然转过身，怔怔地看着那只纤细白皙的手，继而，他握住了她的手。就在球场上的同学都惊诧得张大了嘴巴，以为绝情的关慕终于被这个软妹子追求到了。

他却只是玩味地笑着将她的手提起，然后丢开，“放开我。”

“是我哪里不好吗？”女孩还不甘心，手捂住自己的胸口，满脸的失望。

“抱歉，我已经有喜欢的人了。”他勾勒起唇角，迷人的眼睛里荡漾着爱意。

“啊？关慕有喜欢的人了？”萍萍和一众女生开始对这个最新的爆炸性新闻乐此不疲地讨论。

一阵微微凉的轻风从夏朵面前吹过，他注视着她，从她的面前走过，“给我拿着！”

不等夏朵反应，一件质地柔软的针织外套已经被关慕丢入夏朵的怀里，他像个孩子一样兴冲冲地对着场上的男生大喊着，“来呀，把球给我。”

之后就风驰电掣地在球场上奔跑，弹跳。完美的投球，像极了漫画里的灌篮高手。所有的女生都开始尖叫的时候，他气喘吁吁，带着微凉的气息回到夏朵的身边，她仍旧睁大着眼睛，看着前方。

“谢谢你。”他温柔地说。

那一次，应该是她第一次感到心口翻江倒海般地悸动，那个冬日的篮球场上，他脱下自己暖暖的外套丢给了夏朵，她的手指蜷缩在衣服里，听着他在场上欢笑着、喊叫着。

“为什么给我？”夏朵的手指在冬天的冷空气里冻得僵直了，

她说，“你不是说，你最讨厌我吗？”

“因为全场只有你穿得最少。”

后来，他们两个都不再说话，那节课，他一直坐在她的身边，而她一直披着他的外套……

你知道吗？我已喜欢上了你，夏朵……

“阿慕，你说你有喜欢的人了？是真的吗？我还以为在这方面，你永远也不会开窍呢。”回到关宅，金铭坐在吧椅上，摇晃着手中微凉的液体。

“是谁？”金铭勾住关慕的脖子。

“不是吧，你？怎么连你也开始这么娘了？”关慕心情看上去还不错，有点醉意，歪在吧台上爽朗地笑着。

“你不说我也能猜到，肯定是圣星的千美瑶吧？”金铭猜测着，还不时仔细观察着他的变化。

“……”

“难道不是？”金铭忽的坐直了身体，“难道是那个夏同学？”

“不跟你说了，我要上楼睡觉了。”关慕挥着手，迈着沉重凌乱的步伐上楼去了。

那天以后，夏朵和关慕变得有点奇怪，上大课的时候，如果关慕和夏朵恰好碰面，他不再欺负夏朵，还会主动地请夏朵和萍萍吃好吃的零食。如果夏朵参加特训班的课程，关慕就会很巧合地出现在特训班附近的教室里。

“喂，你有没有觉得，最近关慕总是出现？”走在回宿舍的路上，萍萍嘬着棒棒糖，忽然就意识到了什么。

“嗯，好像是吧。”

“好像是吧？”萍萍故意拉长了尾音，“不是好像，而是就是吧。”

宿舍楼下，站着冯昊东，羽绒服上落着一层薄薄的雪，看来是在雪地里等了不短的时间。

“夏朵，学长，你们慢慢聊，我先回宿舍了。”萍萍意味深长地贴在夏朵耳边说，“加油。”

搞得夏朵心跳加快，脸上滚烫的。她低着头，睫毛上有白色的雪花，楼下幽暗昏黄的灯照在夏朵的毛衣上，很美很美。

“夏朵，我，我要走了……”他的声音很低沉。

“走？昊东，你要去哪啊？”

“我要出国了，签证已经下来了，今天，学院里下发了正式的通知。下个学期，就不会再回学校来了。”

那一刻，夏朵的心就是投入后湖的一块石头，沉沉地被坠入冰冷的湖底，没有任何挣脱的力气。

“咱们学校的交换生名额，有两个，其中一个有我。这一去，可能就不回来了。”

“别傻了。”她努力上扬着嘴角，露出甜腻腻的酒窝“能出国干什么还要回来呢？你不是一直都很盼望能出人头地吗？恭喜你，昊东学长。”

“夏朵，我不是有意要瞒你的，只是……”

“学长，这里好冷，我要回去了，萍萍还在等我。”她笑眯眯地回身，整个人撞在了宿舍楼的大门上，弄出声响，惹得宿管老师大声地吼了两句。

那晚，韩飞早早地回宿舍，不看书，也不说话，只是躺在床上，眨巴着眼睛看着天花板，就连萍萍在屋里叽里呱啦地唱流行歌曲，韩飞也不会坐起来骂人。

“反常，太反常了。”萍萍撇着嘴巴一个人嘀咕。

更反常的是，夏朵第一次夜不归宿，萍萍等着等着，就睡着了，等睁开眼，天已经亮了，可夏朵的粉红睡衣还是整整齐齐地摆放在那里。

原来，那晚夏朵在教学楼的楼顶，也是在那一晚，夏朵再一次闯入了关慕的视线，那是他第一次见她流了那么多的眼泪，她一个人抱着双膝躲在角落里大哭。

“喂，转校生，你到我的地盘来，就是为了让我看你这副丑样的吗?”关慕想极大的让自己幽默点，好让她的眼泪止住。

“怎么是你?”夏朵揉着已经哭红了的眼睛，泪眼婆娑地仰起头，她看不到，可是他的气息却很清晰，淡淡的薄荷微凉，“你不是讨厌我吗？那看到我哭，你应该高兴才对。”

他没有走，索性坐到了她的身边，也没有再开口，只是坐在她的身边，点燃了一支又一支香烟，她在那里呜咽，泣不成声，他就在一旁默默地看着她，静静地抽着烟，一支接着一支。直到满地都是烟头的时候，夏朵才止住了哭泣。

“昊东学长要走了，去国外的学校做交换生。今后，这里只剩下我一个了。”夏朵落寞地说着，声音那么孤单，就像全世界的人都抛弃了她一样。

“不是还有我么?”因为过度的吸烟，他的声音变得沙哑。

“你?”

“怎么了？我不是人啊?”

那天，他们靠在一起，一直沉默着，直到天亮。当第一缕阳光在天边出现的时候，关慕才开口，“现在，太阳升起来了。嗯，用课本上的话说，天边露出了鱼肚白。”

“你好土哦。”她终于笑了。

“太阳升起来了，黑暗会褪去，温度也会回升，所有人都会醒来。当你觉得孤独得无法前进的时候，就爬起来等一等日出，想着太阳每天都会升起，一切都还在继续。”

“我从不知道，你还会说出这么有深意的话。”她歪着头，枕着自己的手臂，迷人的睫毛也在抖动。

关慕猛地站起身，心跳加速，让他不得不快速地离开，再多一分钟，他不确定自己会不会真的去吻她。

“喂，我走了。”

“现在？”夏朵抬起头，眨巴着眼睛。

“嗯，我困了。”

“……”

“对了，别再自己偷偷地哭了。”他顿了顿又说，“你流泪的样子真的很丑。”

再见昊东的时候，是他鼻青脸肿耷拉着脑袋从夏朵的面前走过。

萍萍拉着夏朵，看见他的时候，诧异地捂住嘴巴，“昊东学长，你怎么了？你和人打架了吗？”

“没，是我自己走路不小心摔倒了。”昊东沮丧落寞地抱着一大堆东西，再没有脸站在夏朵的面前，“再见。”

“你去哪?”夏朵伸出的手轻轻地抓住了他的手臂，“不是要过了这个学期吗？怎么这么早就要离开?”

“我被退学了!”

冯昊东走了，留下萍萍张大着嘴巴地惊讶，留下夏朵一个人怔怔地失神。

下了最后一节课，天已经黑了，冬季的夜晚总是很长，而白日很短，沉闷的钟声敲响，刚好是6次。

“啪”的一声，关慕用打火机点燃了香烟，推开楼顶的门，每天，这里都是空空荡荡的，除了他，再不会有人喜欢在冬天来这里吹冷风。

“你怎么又在这儿?”关慕将目光扫过，却看到一个洁白的身影站在顶楼的边缘，前面是才到膝盖高的围挡。

“是你打的他?”她没有转身，风吹着她的头发和肩膀。

“是。”

“那，他退学也是因为你?”

“是。”关慕走近她，神色自若，没有一丝内疚。

“为什么？你不可以这样!”

“喂，你忘了昨天是谁跑到这里，哭了整整一个晚上了？害得我陪了你一夜。犯下这么大的错，我只是揍了他一顿，丢出慕汐，已经很给他面子了。”关慕不客气地说，揉着手指关节。

“你是为了我?”

猛然间，他回眸，他和她四目相对，彼此只有不足半米的距离，月光里，如水的眼眸闪烁着点点的精光，“可是为什么？你为什么对我那么好?”

“谁，谁对你好了？你这个女人，还真是自作多情诶。”因为慌张，他居然开始无言以对，除了大声地叫嚣着来隐藏自己的害羞，他还转过脸，即便她看不到，他还是不敢去迎合她的目光。

过了很久，直到熙熙攘攘的人声都散去，直到食堂的灯渐渐地熄灭，她才拍了拍手上的灰尘，转过身长长地出了一口气，“关慕，可不可以拜托你，退学的事，就算了。”

“凭什么？你以为我关慕是出尔反尔的人吗？这绝对不行。”尽管他说看得很严肃，但夏朵却觉得他很幼稚。

“其实，昊东他是个很可怜的人。”夏朵屈膝坐在地上，蜷缩着身体，沉静地望着天空，“他是10岁那年被送到福利院的，妈妈在一场意外中丧生，爸爸不知所踪，亲戚朋友没有人愿意抚养他，后来，他就被送来福利院。”

“……”

风停了，万籁俱寂，夏朵的声音在夜晚顶楼上显得格外优美，那故事也跟着动听起来。

“其实，福利院的孩子很多很多，几乎每个月都会送来两三个孩子，大家新来的时候，都会沉默，总会畏首畏尾些日子。只有他是不一样的，在所有人中，他是最出众的一个。”

“……”

“其他的孩子大多是身患残疾才会一出生就被父母抛弃，只有他是健全的孩子，却依旧无依无靠，所以大家起初是孤立他的。从很久以前，我就知道，他一直很想离开福利院，因为，他和我们根本就不是一个世界的人。你能明白吗？我不想他那么多年的努力，因我而白白耗费。”

“切，什么不是一个世界？你火星来的？”关慕嗤之以鼻。

难得的幽默，让夏朵顿时捂着嘴巴笑了起来，她的笑声很好听、很好听，比钢琴的旋律还要优美。

关慕看醉了，哪怕只是这样静静地看着她笑，关慕都觉得幸福得可以窒息。

“关慕，拜托你了。”夏朵收敛了笑容，“拜托你不要让昊东退学，让他如愿出国吧，如果那是他的梦想。”

“让我这样出尔反尔？”关慕显然有些为难，他看着手指间那即将燃烧尽的香烟，眸光陡然一亮，随即鼓起勇气说：“除非，你答应我个条件。”

“嗯，好。什么条件？”

“做我女朋友！”关慕说完，就担心地去打量夏朵，看着她那呆若木鸡的样子，她不会是被吓傻了吧？

“喂，转校生，你给个答复啊。这么傻了吧唧地站着很笨诶。”关慕扭过头，他已经能感受到脸颊那一阵阵的滚烫。

“我，我……”夏朵的喉头蠕动着，轻轻地吞咽着口水，心跳绝对在 120 以上，浑身的血液仿佛都在那一刻停止了流动。

“好了，好了。”关慕实在等不及，或者他更怕从夏朵的口中听到否定的答案，他忙说：“我答应你，不过，你也要答应我……好好考虑一下，好吗？”

如果没有听错，这确实是关慕的声音，从什么时候开始，他的声音居然变得这样温柔，像是春风拂过夏朵的心头，给人一种酥酥麻麻的感觉。

第五章
遇见你，真好

做他的女朋友？那个犹如天边星星一样遥远的、璀璨的大男孩居然开口要夏朵做他的女朋友？

“一定是神志不清了。要不，就是在戏弄自己。”寂静的夜晚，夏朵失眠了，她翻身摸索着来到窗台前，打开窗子，迎面的风清凉凉的，让她不禁打了个寒颤。

至此，夏朵才去回忆那个大男孩，记忆里，他总是散发着薄荷的微凉，语气是霸道高冷的，他总是骄傲地走过，所到之处都能引起别人的注意，像狂风一样，席卷那本来平静的一汪池水，卷起层层叠叠的波澜。

这样的一个他，怎么会喜欢上自己？这样不堪、这样残缺的自己……

夏朵想，关慕一定又是在戏弄自己。想着想着，她的心里却莫名地有了些许的失落，如果她能看到光明的话，她忽然好想看一看那个关慕，看看他的脸，还有那曾经借给自己依靠的肩膀。

“你也睡不着？”韩飞的声音，她悄声走到窗台前。

“对不起，我不是故意吵醒你的。真的很对不起。”夏朵慌忙地道歉，匆匆地去关窗子，最近韩飞总是对夏朵冷冰冰的，稍有不如意，就会对夏朵发火，“打扰到你，真的对不起。”

“你有什么对不起？”韩飞放缓了语气，“该说对不起的，是我。”

窗子前，夏朵侧耳倾听，有韩飞低沉的声音，“对不起，夏朵，上一次后湖的事情，是我故意骗你去的，差点害死你。我以为，你会揭发我，可是，你没有。”

两个少女临风立在那里，单薄的睡衣下，有年轻的肌肤和悸动的心跳。

夏朵轻轻地叹息，“你，是喜欢昊东学长吧？所以，才会那么对我的吧？”

“是。”韩飞抽泣着，外面的冷风吹散了脸上的泪水，就连那颗心，也被吹得冰冷了，“从来到慕汐的第一天，我就喜欢上他了，我喜欢他的优秀，喜欢他努力读书的样子，喜欢他不爱笑，喜欢他一个人安静地坐在教室里，阳光洒满他周身的样子。”

“是吗？原来，昊东学长是这样的。”夏朵喃喃低语，然后默默地垂眸。

“所以，我很努力地学习，想要追赶他，只有离他的脚步越近，我才有机会和他在一起。后来出现了你，我以为，你会把他从我的身边抢走，因为，他总是护着你，所以，我讨厌你。”

“我想你可能误会了。”夏朵苦涩地微笑，“其实，昊东学长他只不过是因为我们来自同一个福利院，才会对我格外地照顾吧。”

夏朵是多么希望冯昊东对她真的能有那么多一点点的关心。只可惜，他是要振翅而飞的雄鹰，他的世界，夏朵这辈子也去不到了吧？

“对不起，夏朵，我一定是疯了，才会骗你去后湖，一定是疯了，才会想要你消失。我以为你会揭发我，从后湖回来，我每天都不能睡着，对不起，夏朵，我当时真的是疯了。”韩飞紧紧握住夏朵的手，泪水打湿了夏朵的手背，“求你，求你原谅我。”

“现在想想，一切，都是那么不值得。他就要离开了，而和他一起离开的人，却不是我。为了那样的一个他，去伤害你，请你原谅我。”韩飞的手指在发抖。

当爱一个人到了发疯去追逐的地步，当爱一个人甚至不惜去伤害别人的时候，那爱，就变成了一座山，压得自己喘不过气来，那原本属于爱情的单纯和明朗，却所剩无几。

“我原谅你。”

韩飞抬起头的时候，目光正撞上那双清澈的大眼睛，像是暗夜里细碎的星光一样璀璨。夏朵温柔的手指，轻轻触摸着韩飞的脸颊，“别哭了，这里风大，对眼睛不好。你学习那么辛苦，要爱护眼睛的。”

“夏朵，我错了，以后我们做朋友吧，我们好好相处。”韩飞的心被这个夏朵征服了，在慕汐的这些年，除了冯昊东以外，没有人可以打开韩飞的心扉，也许是因为求学的艰难，她从不会轻易对人袒露真心，但对这个夏朵，是例外的。

“夏朵，你就像是天使。”

在宿舍的窗前，两个少女紧紧地相拥，泪水挂在嘴角上，有苦涩的味道，那是青春的味道。

从那晚之后，韩飞和夏朵变成了好朋友，一度让萍萍很是吃醋，不过她天生心胸开阔，两三天也就接纳了那个死对头——韩飞。

这天，萍萍听到一些传闻，急匆匆地回宿舍告诉夏朵和韩飞，“喂，你们听说了吗？昊东学长和安琪在一起了。”

夏朵诧异极了，不过侧耳倾听的时候，却发现韩飞格外地安静，似乎她早就知道一样。

“我还听说，这次出国交换生的名额，原本是韩飞的，因为国外学校指明了要女交换生，可是，到后来不知道怎么就变成了冯昊东了。”萍萍气喘吁吁地坐在夏朵和韩飞的身边，“后来，安琪就和冯昊东就在一起了，你们不觉得这里面有什么关联吗？”

夏朵的心陡然地揪紧，难怪韩飞那么难过，难怪，她会在那一晚哭得那样伤心。

“萍萍，你别瞎说。”夏朵看不到，可她却能感受到韩飞萎靡低沉的气息。

“我没瞎说。”萍萍继续解说，“你们知道负责这次交换生工作的人是谁吗？是安主任，就是安琪的爸爸。而且，我还听说，安琪也要去那所学校呢。”

韩飞猛然站起身，脸色虽不好，却依旧微笑着说：“我、我要去打水，你们慢慢聊。”

夏朵失望极了，她印象中那个总是自尊自强的昊东学长，那个走到哪里都那么优秀正直的昊东学长，怎么会这样？

这时候，隔壁宿舍的同学敲了敲门，叫着“夏朵，有人找。”

夏朵摸索着下楼，还没到大门口，已经听到女生们的议论声。

“是关慕诶。好帅啊！”

“他怎么会到咱们女宿舍楼啊？”

“就是啊，不知道他来找谁啊？好羡慕哦。”

关慕？他是来找自己吗？夏朵的心居然疯狂地跳动着，那样地不安和悸动。

宿舍外，一只冰冷的大手拉住夏朵的手腕，一阵轻风吹来了淡淡的薄荷气味。

“我说你这个人，动作还真是慢。”关慕冷冷地说着，因为害羞，他的脸颊居然升起淡淡的红色。

“你，来找我，有事吗？”夏朵极不自在地抽回了手。紧接着，夏朵的肩膀上，就有一阵温暖袭来，是他的外套，虽然有微凉的风，柔软的棉衣里却有他暖暖的温度。

“穿这么少，你还真是不让人放心。”关慕俯下身去将自己的外套罩在她的身上，低头的瞬间，他看到了夏朵抖动的睫毛和轻轻抿住的薄唇，好美啊！

“哇，好羡慕啊。”楼上窗台不知道什么时候趴着一些女生，她们兴奋地大叫着，尖锐的声音让关慕越发不自在。

“跟我走。”关慕说着，已经把夏朵揽入自己的怀抱里，然后硬是将她塞入自己的跑车里，猛踩油门扬长而去。

一直开出去很远，大约有二十几分钟的车程，最终车子在某一处停下。关慕拉着夏朵下车，这里有轻缓的音乐，还有淡淡的香气。

“你带我去哪？”夏朵不安地问着。

“到了，你就知道了。”关慕的手握着夏朵的手腕，他的手指总是这样的冰冷有力。

“你到底带我去哪儿？”

最终，夏朵感觉自己在七拐八拐之后进入一个房间，里面是很好闻的饭菜香气。

“坐下！”关慕按着夏朵的肩膀，“吃吧。”

还真是关慕的作风，简单，直接，粗暴。

“你带我来这里，就是为了让我吃饭？”

“来餐厅，当然要吃饭。”关慕已经拿起筷子，将它放入夏朵的手里。

说实话，夏朵真的有些饿了，可是胸口却像堵着一块大石头，怎么突然没有了食欲。那压迫感让她不自主地叹了口气。

“喂，吃饭的时候，不要唉声叹气。”关慕还真是霸道。

“关慕，”她轻声唤着他的名字，那么好听，“你有想得到的东西吗？”

关慕迎着她美丽的眼眸，多想告诉她，他想得到的，就是她。

“没有!”

“也对，像你，一生下来就什么都拥有了吧，有些人奋斗一辈子想要到达的地方，你已经站在那里了。”夏朵有些失落，苦涩地抿起唇角。

“……”

“你说，人真的会为了梦想而不择手段吗？梦想不该是带给人正能量的吗？为什么，会有人为了梦想而变得阴暗和卑劣呢？那样不择手段实现的梦想还有什么意思呢?”

“每个人都有得到自己梦想的方法，有的时候，也要为此付出惨痛的代价。”关慕的语气忽然就低沉了下来，他的心在滴血。

“你怎么了?”夏朵试探地转过头朝着关慕的方向。

“没什么，只是想到很久以前的一个男孩。”关慕的手指甲陷入自己掌心的肌肤里，“男孩总是执拗地想要得到，最终，却为此付出了惨痛的代价，很可恶。”

这样前后不着边际的话，让夏朵不知其所云，不过，她还是明朗地笑笑说：“小孩子么，在年幼的时候，总是这样的，院长说过，别人对我们犯了错，我们也至少要原谅他一次。”

是吗？可如果那错误是无法挽回的呢？如果那错误是血淋淋

的代价呢？关慕深褐色的眸子竟然瞬间就泛起了雾气，在她认知的世界里，他是可以被原谅的吗？

“给你吃，不是最喜欢吃熏鸡肉吗？他家做得很正宗。”关慕的鼻子微酸，可是为了掩饰他的情绪，他慌忙把盘子里的鸡肉夹到她的碗里。

“熏鸡肉?”夏朵眨巴着眼睛，“谁跟你说我喜欢的?”

“不喜欢为什么买了回宿舍吃?”

“那次是买给付萍萍吃的，她比较喜欢。”夏朵恍然大悟，“可是，我只买过一次啊。而且，你是怎么知道的呢?”

关慕此刻的心就像是 1000 匹小马踏过，那种奔腾、震撼胸腔的感觉让他慌乱极了。

“给你吃就吃，别啰嗦了!”

“吃就是了，你这么凶干什么?”夏朵柔柔地嘀咕着。

“这些，还有这些，都吃掉。不能浪费食物。”关慕这样的人，居然教导夏朵不要浪费食物。

这顿饭吃了将近 3 个小时，两个人说了很多，虽然很多话都记不住了，可是氛围难得地欢快。

直到结账的时候，夏朵才知道，这顿饭居然这么昂贵。

“先生你好，一共消费 1300。”服务员的声音很温柔，夏朵却听得脊背发凉，浑身都是冷汗。

“刷卡吧。”关慕冷冰冰地说。

那之后，每天都是如此。关慕会强拉着夏朵，将她塞进车里，扬长而去，七拐八拐进入饭店，然后大吃特吃一顿。每次结账的时候，都是四位数。时间一久，夏朵不安的情绪越来越多。

这一天，关慕还是照例拉着她到一处高档餐厅吃饭。

“关慕。”夏朵拘谨地唤着他，“谢谢你一直请我吃好吃的东西，不过，我真的不大喜欢这样的地方，请你以后，不要带我来了。”

关慕那边沉默不语，夏朵不知道他现在的表情，有那么几秒钟之后，他开口问：“那你喜欢哪里？”

“学校。”夏朵不假思索，“咱们学校的食堂，我觉得很好。”

有了夏朵的话，关慕果然没再拉着夏朵去吃饭，但一些奇怪的现象却接踵而至。每次食堂的打饭阿姨都会拿出巨无霸一般的三明治给夏朵，其差距之大让人瞠目结舌。

“夏朵，那个三明治窗口的阿姨，是你亲戚？”付萍萍望着那里面“内容”满满的三明治不住地羡慕。

奇怪的现象还不止于此，夏朵发现，就连特训班的老师也对她格外地关照，几乎到了单独辅导的地步。每次下课后，都会叫住夏朵，热情地指导她舞蹈动作。

除此之外，夏朵还发现同学们也对她格外地热情，会有人在回宿舍的时候帮她打水，还会有人给她送水果。

“夏朵同学，你这几天的人气很高么。”萍萍拿过别人送给夏朵的大草莓愉快地吃了起来。

“我也不知道。”夏朵迷惑极了，不过也幸福极了。原本她觉得慕汐好大，大得让她觉得自己很孤独、很无助，可最近，她却觉得这里到处都是瑰丽的颜色，随处都有温暖的怀抱。

虽然有同学们的帮助，还有食堂阿姨的偏爱，可到了月底，夏朵还是一度变得艰难起来。

由于福利院生活费的下发要推迟，夏朵饭卡里的钱也用光了，这下她不得不节衣缩食起来，一连好几天，夏朵都躲在宿舍里吃方便面。

这一天，在回宿舍的小路上，金铭勾住付萍萍的肩膀，将她拉到了一边，那里站着关慕，他慵懒地靠着墙壁，回眸的时候，深褐色的眸子闪过一丝寒冷。

“怎么，怎么了？”萍萍心想，难道还是为了上次的鸡腿事件来找茬儿的吗？

“为什么这几天是你自己去吃饭，夏朵呢？她病了吗？”深褐色的眼眸里居然有一丝急切和不安。

“哦，你问这个啊，夏朵没病。她就是，就是饭卡里没钱了。”付萍萍憨憨地揉着自己的脑袋，“福利院给她的生活补贴要迟些下发，所以她没有钱充饭卡了，然后就只好自己一个人在宿舍啃馒头和咸菜了。”

原来是这样？关慕的眼前霎时就闪过夏朵可怜巴巴的脸，还有那瘦弱的腰身。

第二天，当夏朵一个人走在那条回宿舍的艺苑路上的时候，关慕证实了他的猜想，她果然又瘦了，下颏也比之前更尖了。

“你是笨蛋吗？”关慕突然窜出来，让夏朵来不及反应，一不小心整个人撞到他坚实的胸怀里。

“关慕？”夏朵从声音和他独特的香气很快就认出了他。

“给你的。”

关慕扯过夏朵的手，将一张硬硬的卡片塞入夏朵的手里。

“这是什么？”

“我的饭卡，给你了。”关慕说完，静静地注视着她，“为什么像个笨蛋一样挨饿？难道不会找别人帮忙吗？”

“你怎么知道？”

夏朵的心突兀得有些闷闷的，她不想让关慕看到这样狼狈的自己，就算要找别人帮忙，她想也不应该是关慕，因为她希望关慕所见的，永远是最美好的自己。

“我不能要。”夏朵抬起头，又将饭卡塞回关慕的手心里，

"我不能要你的饭卡。"

"你怎么这么麻烦!"

关慕开始有些恼怒，他只不过想对她好，想让她不再那么弱不禁风，想让她过得衣食无忧，可她就是不能乖乖地接受。

"不是给你自己吃的，是要你每天帮我买饭的。"

饭卡塞回夏朵的手里，关慕走掉了。

留下夏朵一个人站在那冬日里的艺苑路上，心里酸酸的、暖暖的。

从那之后，夏朵每天都多了一项任务，就是给关慕打饭，说是给关慕打饭，但几乎每次都是夏朵一个人全部吃掉。

有一天，关慕看着夏朵闷头吃东西的样子，"你多少斤?"

"啊?"

"我说你体重，多少斤。"

"90。"

"太瘦了。"关慕咋舌，"我不喜欢你太瘦的样子，很丑。"

"啊?"夏朵因为瘦弱，那大大的眼睛就更加突出，小巧的脸上，那一双圆圆的眸子闪着光。

夏朵发现，从顶楼一别之后，关慕就对自己格外地好，那好是时时处处的，夏朵有的时候总在想，难道关慕每天都在暗暗注视着自己吗？不然，他怎么连自己买过熏鸡肉这样小的事情都知道呢？

难道关慕真的喜欢着自己吗？夏朵想到这些就突兀得头脑发昏，有一种微醺的感觉，心跳也加速了许多。和关慕在一起的感觉是不同于任何一个人的，她说不出关慕哪里好，可就是觉得亲近和温暖。

“喂，你考虑得怎么样？”在夏朵吃饱饭之后，关慕轻声问了一句，像是随口一问。

“什么？”夏朵睁着大大的眼睛。

“就是，就是上次在顶楼我提议的。”关慕的声音含含糊糊的。

那之后，俩人都陷入了沉默，夏朵低着头，红红的脸蛋上现出不自然的微笑。夏朵想，她不该拒绝关慕，至少他那么照顾自己，而且出于她的本心，她也是喜欢关慕的，这种喜欢是不同于对昊东的。可是，夏朵也不敢接受，因为她总觉得关慕对自己的喜欢是不真实的、稍纵即逝的、冲动的，与其得到后再失去，不如从未拥有过得好。

幸好，这样尴尬的氛围被金铭的突然加入给打破了。

“阿慕？”金铭嬉笑着和其他同学一起走到关慕身边，“真的是你，刚才我看背影像你，还以为自己认错了。这，这不是夏朵同学吗？”

在金铭一众人的错愕和唏嘘声里，夏朵仓惶地逃走了。

那之后，夏朵就有意地避开关慕，不全是因为金铭那些人的玩笑，更多的是，夏朵不知道该如何面对关慕，以及他的那个“提议”。

时间一晃就过去了，终于挨到了寒假。离校的最后一天，关慕来找过夏朵，可她窝在宿舍里悄不出声，任凭宿舍里的电话响了一遍又一遍，任凭传话的同学敲了一次又一次的门，她终是没有去见他。

夏朵以为，经过漫长的寒假之后，也许关慕会改变主意，一时的冲动就会消散。可让夏朵没有想到的是，有一天，关慕竟然以另一种样子出现在她的世界里。

那年的除夕，一大早就下起了雪，福利院在A市的郊区，因此空气格外地清新，夏朵和以往一样，帮着院长和其他的工作人员照顾年幼的孩子们。空余时间，夏朵喜欢坐在院子里的秋千上，默默地出神。

虽然才是早上，可远近的鞭炮声已经响起，那炸开的火星，一定很美。夏朵想着想着，竟然想起了他。

“现在，他应该是在温暖的家里，有家人的围绕吧？他还会想起这样的自己吗？”夏朵荡着秋千，自言自语着。

“夏朵，快来。有人来发礼物了。”其他的孩子来叫夏朵。

每个节日，几乎都会有社会各界的好心人来看望福利院的孩子们，会带来应景的礼物或者生活用品。

大多都是文具书籍这样的小礼物，可即使是这样的礼物，也让夏朵他们觉得很幸福，让他们觉得自己并不曾被遗忘。久而久之，到了节日里，孩子们总会盼望，盼望有小小的礼物，有善良的人来看一看他们。

夏朵跟着其他孩子一起跑回去，路上听说，今天来送礼物的人很大方，送的是糖果和衣服，而且都是崭新的衣服。

“还是好心人多啊！”夏朵甜蜜地笑着。

真好，只要努力地生活下去，总会在不经意的瞬间看到美好和希望。

夏朵回去的时候，院长已经在大声地说着“今天来这里看望大家的这一位，就是出资承办我们福利院的关氏集团董事长的儿子关慕！我们感谢关慕先生为我们送来这么多的糖果和衣服，感谢他的爱心，让我们鼓掌。”

掌声响起，夏朵只觉得那掌声震得她脑袋发晕，心也跟着莫名地收紧，仿佛有一道电流从脚底袭来，游走过她的周身，一直到达她的头顶。

“我们又见了，夏朵同学。”关慕走到她的身边，有熟悉好闻的薄荷气味，语气有些暧昧，他轻轻勾起唇角，狭长的眼睛注视着面前那个娇小的女孩。

“哦，哦，关慕同学。”夏朵一时间还缓不过神。

院长拍了拍夏朵的肩膀，说：“对了，夏朵和关慕都在慕汐学习，应该认识的。夏朵，你来帮关慕给孩子们发放衣服和糖果吧。”

于是夏朵负责递衣服和糖果给关慕，关慕负责发放，两个人配合得倒也默契。福利院的孩子很多，拿到礼物的孩子们都欢喜地笑着。

关慕对每一个孩子都会温和地说上一句祝福语，那样绅士、那样友爱，和学校里那个冰冷霸道的关慕截然不同。

这时，一个6岁左右的小女孩，走到关慕的面前，她眨巴着大大的眼睛看着关慕。

“喏，这是你的。”关慕递给她一件粉红色的裙子，“这裙子有些大，等你上学了就可以穿了。希望你快乐健康地长大。”关慕抚摸着女孩小小的脑瓜。

“哥哥，哥哥。”女孩糯糯地唤着关慕，“我叫星儿，我可以亲亲你吗？”

夏朵拿着糖果的手忽地就停在了空中，心里不由得为那个星儿捏了一把汗，想着上一次关慕差点掐断萍萍的脖子，想着他对追求他的女孩那种冷漠鄙夷的态度，夏朵心里在打鼓。

“嗯，你想亲我?”沉了3秒钟，关慕柔柔地问，“可以告诉我，为什么吗?”

“因为，因为，哥哥很好看!”星儿绵绵地笑着，“和我的爸爸一样好看。”

关慕蹲下身体，怜爱地看着那个小女孩，“星儿见过爸爸吗?”

小女孩努力地点着头，骄傲地说：“见过，在梦里见过，爸爸骑着白马来接我。和哥哥一样好看!”

看得出，星儿是多么期盼得到父亲的爱，多么希望能拥抱父亲。每一个孩子，在童年里不是都莫名地崇拜着一个男人吗？那个男人叫作——爸爸。

关慕懂得那一种渴望得到父爱的滋味，他的童年里，也是这样的，曾经不止一次张开手臂，哭闹着乞求爸爸的拥抱。

“这样啊……”关慕的喉头发紧，他静静地望着星儿，将自己的侧脸伸过去，用食指点了点自己的脸颊，“小家伙，还等什么呢?”

星儿娇羞地将自己的小嘴唇贴了上去，有热热的呼吸，湿淋淋的口水。星儿亲了关慕，接过糖果，兴奋地跳到夏朵的怀里，甜甜地说：“夏朵姐姐，这是哥哥给我的糖果和裙子，是哥哥给我的！”

所有人都开怀地笑着，一起吃着糖果，一起聊天，这样的除夕真好。

礼物发完已经是中午了，关慕被院长留下一起吃午饭，吃过午饭关慕和夏朵一起在院子里散步。

“今天不用陪家人吗？怎么突然来福利院？”夏朵低声问。

“来看你。”

“看我？那你应该很辛苦吧？福利院的孩子们有些吵，福利院的饭菜也比不了你家吧？”夏朵内疚地低下头“还有星儿，她……”

“我挺喜欢这里的。”没等夏朵说完，关慕抢先说了一句。

“是吗？”夏朵有点错愕，不过她的心里开心极了，今天的他，有些不一样。

太阳快下去的时候，A市下起了小雪，关慕脱下自己的羽绒服披在夏朵的肩头，“快回去吧，别感冒了，你太瘦了，不禁冻。”

“那你呢？”

“我回去了。”关慕有些依依不舍，“新年快乐。还有……我喜欢你。”

夏朵的心再次一抖，那电流一直到达她的发梢，酥酥麻麻地让她沉醉。

“为什么是我？你，为什么会喜欢我？”

“我也不知道。”关慕憨然一笑，“或许是因为你总是愿意相信我，总是愿意原谅我吧。是你让我觉得，这个世界，其实没有那么糟。”

说完，关慕转身就上了车。

“关慕，等一等。”就在关慕的车子已经发动的时候，夏朵追了上来，她隔着玻璃窗对他甜甜地微笑。

“怎么了？”关慕摇下车窗，“快回去吧，下雪了，外面冷。”

“没什么。我就是想告诉你……”夏朵第一次眯起眼睛，白皙的脸颊被北风吹成淡淡的粉红色。

“什么？”

“遇见你，真好。”

关慕被这五个字弄得心脏狂跳，他看着那个瘦弱的身影在雪地里轻快地跑开，直到消失不见，他才离开。

第六章
心头的那道疤

那一年的寒假里，关慕总到福利院来“献爱心”，可以看着夏朵，进入她的生活，关慕幸福极了，就连性格也变得明朗起来。

福利院的孩子之中，星儿是最喜欢关慕的，只要关慕来了，小家伙就会跳到关慕的怀里，和他撒娇。

有一天，小星儿眨巴着眼睛对关慕说：“哥哥，等我长大，做你的女朋友，好不好？”

“这个么，要问你夏朵姐姐，看她同不同意。”关慕揉了揉星儿的小脑袋，坏笑着歪头斜睨着夏朵。

夏朵不知道关慕这句话的意思，但她知道自己此刻心跳得很有力，以至于她感到浑身的血液都如澎湃的海浪冲上沙滩一样，一直冲入她的头脑。

夏朵红着脸，星儿拍手笑着跳着，“夏朵姐姐脸红了，夏朵姐姐脸红了。”

于是所有的人都窃窃地笑了起来。

正月里的午后，外面阴沉沉的，西北风一直吹打着玻璃窗，外面少有行人和车辆，显得很是荒凉，可因为关慕的到来，福利院里却暖洋洋的，夏朵的心里也是暖的，她觉得，有了关慕，她的世界就永远都是烂漫的春色。

只是后来的一段时间里，关慕再没有来福利院，夏朵有些担心，从院长那打听到关家的座机号码，有几次想要打过去，可最终都作罢了。

日复一日，夏朵发现，她竟开始思念他，思念那个带着薄荷微凉的大男孩，思念他的味道。

好在寒假过得很快，过了正月十五就要返校了，开学后，大抵就能见到他了吧？夏朵莫名地兴奋。

在开学的前一天，关家的老管家突然来到福利院，说是要单独和夏朵见一面。

“您好。”夏朵有些拘谨，她也不知道自己为什么会这样紧张，难道只是因为他来自关家？什么时候起，她竟然会这样在意和关慕有关的人。

“夏朵小姐，我是来替阿慕送东西的。”老管家稳稳地说着。

“关慕？”夏朵不明白，为什么关慕自己不来，而是要老管家代劳，“他还好吗？”

“还好。因为阿慕生病了，所以不能亲自来看望您。他叫我送来为您准备的开学礼物，请您收下。”老管家恭恭敬敬地将一个四四方方的购物袋放在夏朵的手边，“他还说，希望开学的时候，能看着您穿着它。”

“他病了？”夏朵睁大了眼睛，“严重吗？”

夏朵的心像是被悬挂在高高的悬崖边，她怪自己太笨，很多天没有见到他，竟然没有想过他是否生病。

“不，不严重。”老管家叹了口气，“是老毛病了。”

“我应该去看看他的。”夏朵有些自责地低下头。

“不用了，他特别嘱咐，叫您不要奔波了，这里到浮水路很远的。”老管家温和地笑笑，又说了些问候的话，就要离开了。

临走的时候，老管家特别对夏朵说了这样一句，“夏朵小姐，如果可以，请您接纳阿慕，他是个很可怜的人。”

可怜的人？“可怜”这个词好像永远都离关慕那么遥远，他就像是天边璀璨的星星，所有人都要仰视着他，这样的一个他，也会被人说可怜吗？

开学一个星期，关慕还是没有出现，夏朵开始渐渐地适应关慕不在的日子，每天周而复始地上课学习，过着单调的生活。

每天的一点思念汇聚起来成了思念的汪洋，最后，夏朵发现她竟像着了魔一样，几乎每天都会想他几十遍。吃饭的时候会想起他每每霸道地让她吃完所有的食物，上舞蹈课的时候会想起他总是能在教室门口与她不期而遇，回宿舍的时候会想起他曾经站在艺苑路上强硬地塞给她饭卡，回福利院的时候会想起他在除夕的午后和自己漫步。

原来，在不经意之间，那个关慕竟然这样频繁地出现在夏朵的世界里。原来，他早就进入了她的心里，在那里生了根、发了芽。

夏朵开始有点担心，她担心关慕是不是生了很严重的病，又或者，他是不是再也不回来了。这样的担心让夏朵开始不自觉地对金铭等人的谈话格外地关注。

不过，从金铭的谈话里，她并没有听到关于关慕的任何内容。夏朵想，按照关慕以往的影响力来看，如果他真的生了重病或者休学转学，那么学校早就炸开了锅吧，又怎么会这样平静呢？

夏朵胡思乱想得过了 8 天。

那是 4 月初的一天，还是阶梯教室，夏朵一个人摸索着往教室后方走去。男生们在教室里打闹着传递着篮球，眼看着那在空中一直自转的篮球在一点点地接近夏朵，结果几乎可以预见。

“夏朵，小心!!”萍萍的提醒已经为时已晚。

就在那一秒之间，一个颀长的身体几步上前，强有力的臂膀一把扯过夏朵，将她包裹在自己的怀抱里。

“砰”一声闷响，那篮球砸在那人的脊背上，然后向反方向弹去了。

所有人都傻眼了，屏住了呼吸。

是关慕，就在篮球距夏朵还有一步之遥的时候，是他拉过夏朵，用自己的脊背挡住了球。

夏朵嗅到了那熟悉的薄荷微凉，他温暖的怀抱就在面前，夏朵的心猛然就变得酸软，眼睛里涩涩的，竟有些想哭。

自从福利院一别，已经有半个多月了，毫无他的消息，只知道他病了，这十几天的担忧和思念汇聚在一起，竟一时间不知道该说些什么。

“关慕。是你吗？”夏朵傻傻地问了一句。

“是我。”关慕揉着后背，“才来学校第一天，就为你挨了一球。”

“对不起，对不起，真的不是故意的。”那两个投球的男生冷汗淌湿了额头，原本以为最多伤的是夏朵，谁知道居然是关慕！

关慕高高抬起了手，却温柔地落在一个男生的肩上，“下次注意点。如果伤到她，就没那么走运了。”

说完，就拉着夏朵的手腕朝着教室外走去。

“你要带我去哪儿？”夏朵没有挣脱，因为与他再见的喜悦已经溢满了她的整颗心。

“逃课！”

“喂，我不能逃课……”

虽然这样叫着，可夏朵还是由着他带走自己。

“关慕，你生病了吗？很严重吗？”教学楼的顶楼，夏朵和关慕背靠着背坐在墙角下。

“哦。很严重，不过，已经好了。”关慕转头看着那个姑娘，她显得很不平静，眉头微蹙，还是第一次见她这样的表情，“怎么？你在担心我啊？”

关慕凑近了，坏坏的语气里带着一些玩味，他的气息那样近、那样的暖，夏朵的心开始狂跳。

“看来是咯。”关慕喜滋滋地回眸，“真好，不管怎样，这个世界上还有你会关心我，还有你想着我。夏朵，你会想念我吧？”

夏朵忽然就想起老管家的话，“夏朵小姐，如果可以，请您接纳阿慕。他是个很可怜的人。”

这个世界上，难道不是应该有很多人想念着他、关怀着他吗？

因为关慕拉着夏朵就这样跑掉了，教室里炸开了锅，所有人都在议论夏朵和关慕的关系非同一般。

而萍萍则成了八卦的中心，所有人都围绕着她打探起来。

“萍萍，你和夏朵那么好，一定知道。她是不是和关慕在一起了？”

“好像上学期开始，关慕就总去宿舍找她吧？”

“啊？这么说，不是夏朵追关慕，而是关慕主动的啦??”

萍萍第一次觉得自己居然有当经纪人的潜质，此刻，她俨然就是夏朵的经纪人。

“你们这些人，能不能不要这么八卦？关于关慕和我们夏朵同学的事情，我……”萍萍故弄玄虚，大喘一口气，大有卖关子的嫌疑。

“说啊，说啊。”大家催促着。

“无可奉告。”

所有人大失所望。

就这样，夏朵一时间再次成为全慕汐关注的焦点，有人羡慕，有人不以为然，还有人极度地不满。

不管别人怎么样，关慕对夏朵的情感一直在逐步升温，没有一丝的间断。除了频繁地出现在夏朵的周围以外，关慕还总像是及时雨一样，每每在夏朵遇到困难的时候，第一时间出现在她面前。

这天的黄昏，夏朵再次不小心摔倒，这次与任何人无关，是她自己不小心踩空了台阶，摔下来的。

关慕第一时间跳出来，蹲下身，看着她膝盖处好大的一处瘀青还有点破皮，他掏出纸巾，心疼地说：“下次你下舞蹈课，我来接你吧，这边的楼梯是石板铺的，一下雨就很滑，容易踩空。多危险！”

那语气里有一点埋怨，还有一点心疼。

这样的语气让夏朵想起了她的妈妈。小时候她但凡跌倒，妈妈总是上前扶起她，像关慕此刻一样蹲下身去为她敷伤口，会责怪小夏朵的不小心，也会心疼地抹掉她的泪水。

夏朵凝神问：“关慕，你是不是每天都跟踪我啊？”

“我闲得没事干了吗？”关慕第一时间矢口否认，他的目光注视着夏朵膝盖上那些淡去的疤痕。

这都是因为他而留下的疤痕吗？他狭长的眼眸里蒙上了雾气，原本洁白细腻的双腿，此刻布满了大大小小的疤痕。

“对不起啊，还疼吗？”他的指尖轻轻抚摸着那些粉嫩的疤痕。

“不疼了。”夏朵有着葵花般纹路的眼睛里荡漾着笑意，“真的不疼，一点也不疼。是我自己不小心，你为什么要道歉呢？”

“有我在，不会再让你摔倒。”关慕的喉头被什么压住了似的，有些酸胀。

他牵起她的手，软若无骨的手指被他用力地攥在掌心里，这样亲密，就像是一对热恋之中的情侣。

这是夏朵第一次被除了父亲以外的男性拉着手。在夏朵的记忆里，爸爸那双温暖有力的手也是这样握着自己，大大的手掌把自己的小手包裹着，带着她蹒跚学步，带着她走向远方。

爸妈去世后，很长一段时间，夏朵觉得自己是没了方向的雏鸟，不知道该去哪里，也不知道明天会怎样，只是随着风到处飞翔。

想不到时隔十几年，竟然是这样一双手握着自己，牵着她站起来，牵着她朝远方走去。夏朵仿佛离群的孤雁再次找到了家一样，那是一种归属感，一种被拥有的幸福。

虽然关慕再没有提起关于要夏朵做他女朋友的事，但是在所有人的眼睛里，夏朵就是关慕的女朋友。时间一久，就连关慕自己也这样认为了。

日子一天天过去，天气慢慢变暖，就这样到了6月底。这是一个令人悲伤的月份，从月初开始，天空就连日飘着淅淅沥沥的小雨，好像老天都在为那悲伤的过去哀悼着什么一样。

“明天，你有时间吗？”关慕这几天心情不太好，一度变得忧郁且安静，半长的头发一直遮住半边脸，声音有些沙哑，“我想请你明天陪着我，可以吗？”

“明天不行。”夏朵想也没想。

明天是她一年当中最重要的日子，她会在那一天，带上一束鲜花，一个人穿越城区，到南郊的一处墓地去，看望静静长眠于那里的爸妈。明天，是夏朵父母的忌日，也是夏朵一生噩梦开始的日子。

“为什么？”关慕有些烦躁，“你想都不想吗？”

“为什么是明天？我，明天真的有事情要做。”

“你的事情就那么重要？”关慕猛然掀翻了面前的餐盘，惊得周围同学纷纷侧目，“你的事情比我重要吗？你知道明天对于我来说，是多么难过的日子吗？你!!”

“对不起，可是我明天真的不行，因为，因为明天……”夏朵想要告诉他，可她却忽然哽咽了，为什么连他也这么不体贴她了呢？为什么偏偏在她最难过的日子为难她？

“算了。”关慕冷冷地挥手，“是我看错了你，原来，你一点也不在意我。如果是这样，为什么还在一起？不如分开。”

这几天，关慕的心情坏到了极点，每到 6 月份，他就开始连续不断地做噩梦，每天几乎都不能安眠，所以心情也变得起伏不平。因为夏朵的拒绝，他开始发怒，最终说了这样的气话。

在夏朵的世界里，关慕就是一个在无菌环境里长大的纨绔子弟，小小的霸道和骄傲是夏朵可以忍受的，可明天这样的日子不行，因为，那是她一年当中唯一去陪伴父母的日子。

夏朵也怄气了，她静静地站了起来，倔强地扬起了下巴，薄薄的唇轻轻地开启：“是的，我的事情就是比你重要。还有，我们从来就没有在一起过，何来的分开？”

在那么多同学的面前，夏朵狠心地丢下这样一句话，转身走掉，没有一分留恋。而那个骄傲的关慕，就这么立在那里，目光倾斜着看着地面，双手握紧，他在努力，努力让眼泪不要流下，努力把喉头的酸楚平复。

阿慕，阿慕，妈妈的好孩子。

阿慕，阿慕，妈妈的好孩子。

浮水路别墅，关慕在睡梦里哭出声：“妈，不要走。妈……”

关睿宇和老管家站在床前，看着那个面色惨白如纸的大男孩，“老管家，去让人叫医生来吧。”

“哎。”老管家叹气，“每到这个日子，阿慕他就会发烧。您不觉得他很可怜吗？”

“那是他应得的惩罚。”关睿宇脸色微冷，“谁让他做错了事，做错了就要付出代价。”

“先生!!”老管家怜惜着关慕，“已经过去那么多年了，您就不能原谅他吗？他那时候不过是个 6 岁的孩子。何况，那次的事他一直很自责，难道您不知道他有多爱他的母亲吗？”

“够了!”关睿宇厉声道。

“先生。今年，可不可以让他一起去？”老管家卑微地躬身，他在乞求，为关慕乞求，“让他一起去吧，至少能解开他的一点心结。”

“不必。”关睿宇已经走到门口，他头也不回地说，“今年，还是我自己去。”

关睿宇走了，房间里恢复了宁静。外面是小雨打在窗户上的轻响，老管家回眸看了看那个满头冷汗的关慕，他蜷缩在被子里，意识不太清楚，嘴唇在不住地蠕动着，从刚才开始就在默默地念叨着什么。

老管家俯下身去，侧耳倾听。

“为什么连你也不要我，为什么连你也不要我。夏朵。”年轻的身躯因为高烧在颤抖，像是被抽掉了所有的气力，关慕的声音微弱极了。

一连几天，关慕都没有来学校，夏朵从最开始的生气，变成担忧，直到最后的思念。她最近时常爱失眠，每每失眠的时候，都会在床上辗转反侧，那件柔软的毛衣就放在枕畔，触手可及的细密质地和温暖，可他却不再出现。

“萍萍，你睡了吗?”夏朵低声问着隔壁床的萍萍。

“没有。”萍萍的声音也很低。

“那天，我是不是太过分了?”

“哪天?”

“就是，在食堂里，关慕发脾气的那天。”夏朵期待着萍萍的否认，她希望萍萍说，那一切都不是自己的错误，是关慕乱发脾气、不可理喻。

“嗯。”想不到，萍萍用了一个极轻的肯定词。

房间里恢复了平静，见夏朵安静了下来，萍萍从床上探出脑袋低声说：“关慕是很骄傲的人，在学校里两年多，我从没见过有人敢对他发火。那天，你走后，他的表情很不好。”

“他，生气了吗?”夏朵揪着心，心想如果他生气了，大抵是不会再来找自己的，不过这样也好。

“不像是生气那么简单，更像是伤心!”萍萍用词很斟酌，“我觉得，他像是要哭出来了一样，眼圈红红的。”

“伤心”、“眼圈红红的”，因为萍萍的这几个词，夏朵一夜都没有睡，为什么光是听到这几个词，夏朵都觉得心痛呢？她看不到，所以，她无法想象那个一直高贵骄傲的关慕伤心落寞的样子，她也无法想象那双在别人口中永远冷冰冰的眼睛会泛着红的样子。

一夜无眠，第二天清晨，有人在宿舍外大喊，“夏朵，有人找!”

夏朵像是等了很久一样，她飞奔出去，心里狂跳。他回来了，一定要向他道歉，一定!

“夏朵同学。”

一个男生挡住了夏朵面前的阳光，他不是关慕，没有薄荷微凉，没有低柔宠溺地声音。习惯称呼她“夏朵同学”的，大抵只有金铭了。

“你好。”夏朵原本欣喜的神色荡然无存。

“请你去看一看他吧。”金铭一本正经地说着，这样严肃的态度是少见的，能让金铭这样，难道关慕出事了吗？

金铭把夏朵让上车，车子朝着浮水路极速开去。金铭看着车窗外，低声说：“是老管家让我来找你的，如果不是他恳求我，我是不会管你们之间闲事的。”

“关慕怎么了?”

“你知道，他寒假过后为什么休假很多天吗?”金铭有些怨气，他回头瞟了一眼那个正在摇头的夏朵，“他有很严重的抑郁症，那段时间，他因为抑郁症很痛苦，所以没能去见你，可就是这样，他还是让管家去看你，给你送开学礼物。我从没见他对谁这么牵挂!”

“他，他从没说过。”夏朵的声音发抖。

“他当然不会说，以他的个性，他怎么会让你知道。”金铭叹了口气，开始诉说着他记忆里的关慕，“我和他是从很小就认识的，那时候，他还不是现在这个样子，伯母也还健在。”

“他的母亲……”夏朵发现她根本不了解关慕。

“是的，关慕的母亲叫慕汐，她是很美丽、很优雅的女人，关伯伯很爱她，所以生下了儿子就取名‘关慕’，寓意为他们爱情的结晶。”金铭沉默了，他看着车窗外，好久才回过神接着说，“关慕6岁那年的一天，小小的他在黄昏的时候大吵大闹着一定要去外婆家，那天正好飘着小雨。伯母因为疼爱关慕，不忍心拒绝他，就硬是拉着关伯伯一起带着关慕上路了。”

“他的母亲，很爱他。”

“关慕的外婆家住在郊区。那天，小雨变成大雨，天气变得很恶劣，关伯伯有意要返回家，可关慕还是吵嚷着要去。最后，因为路面太滑、视线不好，他们，出了车祸。”

金铭没有回头，他继续说：“在车祸的一瞬间，伯母用自己的身体护住了关慕。关慕只是受了轻伤，而伯母……被送到医院的时候，因为失血过多，已经没有心跳了。关慕眼角的那道疤，就是在那次事故中留下的。”

夏朵颤抖着手，她的眼泪簌簌地流下，听着金铭的叙述，让她想起自己，不也是那样的一个夜晚吗？不也是失去了最亲爱的爸妈吗？不也是只有她活下来了吗？

“从此，关伯伯就像变了一个人，他因为失去伯母而痛苦，也为此不能原谅关慕，从来不许他去为伯母扫墓，也从来没有抱过他。关慕的性格就是在那之后发生改变的。直到你出现，他才变得不一样了。我是他唯一的朋友，我看得出，他很喜欢你。可你呢？”金铭有些气愤。

“对不起，我并不知道。”

“你是不知道，不知道就可以说那么狠心的话吗？你知不知道那天他为什么非要你陪他？”金铭狠狠地盯着夏朵，“那天，就是他母亲出事的日子！！是伯母的忌日！！一年之中，他最痛苦的日子！每到这个日子，他都会发高烧，像是自我惩罚一样，他的抑郁症也会加重。你知不知道？”

“我不知道，真的不知道，对不起，我真的对不起。”夏朵哭了，眼泪一颗颗滚下来，挂在下巴上，满脸的泪痕。

她是真的不知道，如果她知道，她怎么会那么对待关慕？她知道那种痛苦，那种在雨夜里失去家人的孤独和恐惧，她知道失去家人后一个人孤独地长大是多么艰难，那种被全世界抛弃的滋味，她也曾有过。

“我再告诉你，上一次欺负你的那些男生不是关慕派去的，但是，他已经帮你狠狠地教训过他们了。他对你的好，远比你知道的要多。”金铭之后再不说话了。

夏朵此刻恨不得自己能插上翅膀，迅速地飞到关慕的身边，她恨自己说过的话，他该有多么痛苦啊！

汽车在浮水路的别墅外停住了，金铭按响了门铃，然后回头对夏朵说：“如果你不能平复他的伤，那么至少请你不要再伤害他。”

金铭说完就走了，老管家带着夏朵进入卧室，“夏朵小姐，您来了就好，他这几天一直念叨着您呢，快劝劝他吧。”

老管家带上门，卧室里很安静，除了有墙上钟表的声响，还有他微弱均匀的呼吸声，满室都是薄荷的气味，是他的味道。

夏朵缓缓上前，摸索着触碰到他身上柔软的被子，之后是他裸露在外的手臂，那么热、那么热。

夏朵握住他的手，坐在他的身边，眼泪不住地滴落着，“为什么不告诉我呢？如果你告诉我，我也会告诉你，我的故事。”

“很疼吧？”她修长的手指轻轻地抚摸着他的脸，这是她第一次摸着他的脸，他有高高的鼻梁、浓密的眉毛，他的脸颊棱角分明，一定是个帅气的王子，还有狭长的眼睛，还有那道不足半寸的疤。

夏朵趴在他的身边呜咽着，乌黑的发丝垂在身后，光滑如绸缎，阳光洒下，他们就像是画卷里的人。

“夏朵？真的是你？”关慕醒了，他的声音那样微弱，努了两次力想要坐起来，可发现实在没有力气，他就干脆靠着床看她。

“傻瓜，为什么又哭？你哭的样子很丑，不许哭!”关慕笑说。

“关慕，你才是傻瓜。怎么可以什么都不说呢？”夏朵那双清澈如水的眼睛里水汪汪的，令关慕心动不已。

“别哭了，我都好了。”他反手拉住她，揉着她白皙的手指。

“骗人，还在发烧，这么烫。我真是太坏了，居然什么都不知道，还在那天说了那么伤你的话。”

“你怎么会坏？你是这个世界上最美好的所在了。”他怜惜地摸着她的头发“我不该勉强你的。”

“不，我该陪着你的，以后每一年的 6 月 30 号，我都会陪着你的。”夏朵因为哭泣而微红的眼眸第一次那么认真直视着他，“我知道，知道那种失去妈妈的滋味，因为那天，也是我父母的忌日。我知道那种孤独一人的滋味。”

“那天……也是你父母的忌日吗？”关慕的手微微抽动了一下，竟然这样巧合吗？

“我听金铭说过有关你的事了。很痛是不是？每年的这个日子心都很痛的，我知道。”夏朵的鼻子也红红的。

“现在已经不痛了。”他声音沙哑着，眼泪缓缓落下，“因为有了你，就不那么痛了。”

“所以，我们再也不是孤独的。关慕，以后你有我，而我也有你。”夏朵温顺地把头伏在他的手掌上，脸颊柔软的肌肤贴着他的掌心，“以后，我们彼此依靠吧。”

关慕刹那间意识到了什么，他兴奋地问：“那我可不可以理解为，你同意做我女朋友了？”

夏朵沉默了很久，然后发出轻柔的一声：“嗯。”

关慕觉得自己的身体忽然好了一大半，力气也恢复了，仿佛乌云一瞬间就飘过了一般，“太好了。我还以为，以为你生我的气，以后就不要我了呢。”

拜托，这哪像是关慕的口吻啊？明明是委委屈屈的小姑娘的口吻么。

“我，永远也不会不要你。”夏朵坐直身体，美丽的头发披在肩膀两侧，说：“我会永远在你身边，像你守护我一样地守护你。”

“夏朵。我没有你想的那么好。”

“关慕，不管你做错什么，我都会原谅你。好不好？”她的眼睛离着他那么近，那目光仿佛看进了关慕的心里。

“我有抑郁症。”

“别怕，让我帮你，帮你治好你的病。”

她居然说要治好自己的病，她居然说会永远原谅自己，她居然说会守护自己。

那一瞬间，关慕好像听到了他的心门被打开的声音。从 6 岁那年，关慕就把心封闭了，外面被一层又一层的坚冰封锁着，从来没有人能打开，就连他自己也忘了那里面冰封着什么。而那一刻，好像有温和的风吹进他的心里，融化了他早已冰封的世界。在那一秒钟，他又变回了 6 岁那年的样子。

一切都那么单纯而温暖。

第七章
惩罚她的初吻

关慕这一病前后有半个多月，其实他是不必去学校的，反正不管他再怎么缺勤，也可以顺利毕业。

不过关慕还是借口要补课，每天把夏朵请到家里，请她把白天老师讲的内容逐一地讲给自己听。

关慕发现，夏朵不仅美丽，而且还十分聪明，一些很难懂的课程在夏朵的讲述之后变得简单明了。不过，关慕也发现了夏朵一些奇怪的变化。

她最近时常叹气，关慕做习题的时候一个人总是在落寞地垂着眼眸，那张原本天真无忧的脸上，不知道何时多出了些许的忧愁。

“喂，你怎么了？是不是每天叫你来给我补课，太辛苦了？”关慕发现夏朵脸色很不好。

“没有，怎么会呢？”夏朵慌张地摇头，转眼又是笑吟吟地说“有什么辛苦呢？每天你都让司机接送我，晚饭也是那么丰盛。”

她笑得有些勉强，关慕隐隐约约地感到，夏朵有心事，“傻瓜，作为你男朋友，我当然要照顾你了。”他握住她的手。

“夏朵。”他轻声地唤着她。

“唔。”

“如果有烦恼，一定要告诉我。”

“我很好，真的很好。”

夏朵轻轻地点头，抿着唇，却再没有说话。

她没有告诉关慕，离开他的守护，自己每天在慕汐过得是什么样的日子。

其实夏朵过得不好，真的一点也不好。

在慕汐，所有人现在见了夏朵都像躲避瘟神一样避开，因为千美瑶对她的憎恨，她再次成为被孤立的对象。不仅如此，她还一度被欺负得很惨。

那天，千美瑶一众人挡住了夏朵去特训班的路。夏朵站在高高的石板台阶上，窈窕的影子逶迤在斑驳的石板上。她真的很美，美得连影子都是这样好看，美得让人嫉妒，美得让人生气。

“夏朵，你以为你还有权利在这里上课吗？这是特培班，今天请了舞蹈界最优秀的青萍老师，你想让她看到这么穷酸的你？丢我们慕汐的脸吗？”千美瑶站在台阶之上，鄙夷地看着夏朵。

“我，我也想看一看青萍老师舞蹈。”夏朵的脸颊上漾着红晕。

“看?? 我没听错吧?”千美瑶冷笑着，那笑声让人不寒而栗“你看得到吗？一个瞎子。”

付萍萍和韩飞遥遥地看着夏朵，却谁都不敢靠前。千美瑶的坏脾气在慕汐是出了名的，完全就是女版的关慕，尤其她的身边还常年跟着一大堆的跟班。

千美瑶以为夏朵一定会求饶，或者干脆哭哭唧唧地跑开。可让她意外的是，那个外表孱弱的夏朵却骄傲地抬起头，那双美丽的眼眸静静地看着自己。

“没错，我的眼睛的确看不到。”夏朵微微扬起唇角，“可我的心却能够看到，艺术的美不应该只是用肉眼去看，而是用心去感知。心里没有杂质和污垢，就能感受到这个世界一切的美好。”

千美瑶秀眉微微地挑动着，她款款上前，推了夏朵一把，“你是在向我炫耀？炫耀你是多么地纯洁善良?”

“不是的。”夏朵踉跄着倒退了几步，怀里依旧紧紧地抱着那泛白的牛仔包。

包包的一角露出白色的舞衣，千美瑶心念一动，使了个眼色，周遭的女生团团把夏朵围住，将那舞衣和舞鞋生生地从夏朵手里抢了过来。推搡之中，夏朵摔倒在台阶上，手肘撞破了皮，舞衣和舞鞋也被她们撕烂了。

千美瑶对那穷酸的舞衣和舞鞋不屑一顾，她冷冷地将它们丢在夏朵的面前，“我看你还怎么去听青萍老师的课。没有舞衣和舞鞋，我估计她会把你赶出来！”

“为什么这么对我？我没有做错任何事。”

夏朵心疼地捡起舞衣和舞鞋，手指触摸到的是布料不规则的边缘，她心痛极了，泪水不可抑制地落下，她眸子里那葵花般的纹路越发清晰。

“因为你的出现本身就是错误。”千美瑶逼近夏朵，咬牙切齿地说着，“你凭什么拥有关慕那么多的关注，凭什么得到他的喜欢？让我告诉你，我会把你的一切都拿走！直到你滚出慕汐，滚回你的世界！”

千美瑶走了，踩着她 8 厘米的高跟鞋，带着妖媚的芬芳走了。

剩下夏朵一个人瘫坐在石板台阶上，手肘上的疼痛阵阵袭来，怀里是碎片一般的舞衣，她努力地抿着唇。

“夏朵，不要哭，不要哭。没关系的，衣服破了补一补就好，受伤了也不要紧，迟早会好起来的。夏朵，不要哭，不要哭。”她对自己一遍又一遍地说着。

直到夏朵想起那个黄昏，她的眼泪就再也抑制不住簌簌地落下。

也是在这教室的门口，也是在这石板台阶上。

他曾对夏朵说：“有我在，不会再让你摔倒。”

“关慕，你在哪？”夏朵第一次呜咽着唤起他的名字，没有他的日子，她是那么孤独无依，离开他的守护，她竟然这样软弱无力，她多希望他立刻出现，就像那个黄昏，他忽然出现，牵起她的手，带着她离开这里，带着她走向远方。

关慕，于夏朵而言是光明、是方向、是温暖。

第二天，在没有提前告知夏朵的情况下关慕一个人回了慕汐，他想给夏朵一个惊喜，单是想着那张纯净的脸上乍现惊喜的模样，都让人觉得雀跃和期待。

那天的第一节课是夏朵的特训班舞蹈课，舞蹈教室门口，关慕偷偷地寻找，寻找着他心爱的夏朵。

他果然很快找到了她的踪影，只见她靠着墙角，一个人蜷缩着身体，被许多女生围绕着，关慕根本看不清，只是隐隐见到她洁白的手臂上有好大一块瘀青，她环抱着自己的双臂。

“快交出来吧。”

“非要我们动手吗？还不快点交出来??”三三两两的女同学穿着紧身的舞衣，脚蹬美丽的舞鞋，对低头默默无声的夏朵不住地指指点点。

“还不交出来吗?”千美瑶走到夏朵的身边，她猛地扯住夏朵的衣服，恶狠狠地说：“快点交出来，快点!!我还要上课呢！把我的舞鞋和舞衣交出来!!你知道那有多贵吗？那是我爸爸从俄罗斯给我带回来的！好几万呢！弄坏了你赔不起!”

关慕插在口袋里的手指在一点点地收紧，关节开始发出闷响。

“我没有拿你的东西，我不是小偷。”夏朵的眼泪在眼眶里打着转。

“不是你还能是谁？这里只有你最穷。福利院的野孩子，最容易变成小偷了。为什么？因为穷，因为没有父母的管教。”千美瑶高傲地挺起胸膛，厌弃地瞥着那个清秀的脸颊。

“别跟她磨蹭了，把她送学校保卫处。”有个高个子女生提议，如果关慕没有记错的话，她应该是千美瑶的跟班之一。

“求求你相信我，真的不是我偷的，真的不是我!”夏朵哭了，那么焦急地解释着，“我不能去保卫处，那样会被开除的，我不能被开除。”

“为什么不呢？”千美瑶饶有兴致地走到夏朵的身侧，说着就掏出电话，按键声那么清脆。

“求你了，求你不要打。”夏朵可怜楚楚地求着千美瑶。

“除非你跪下认错！”千美瑶恶狠狠地打量着夏朵，当然，即便夏朵真的跪下，她也不打算放过夏朵。

舞蹈教室的推拉门被人猛地推开，门上四四方方的小窗被那强劲的力道震碎了，四下里迸出碎片。女生们吓得地捂住头尖叫。

千美瑶也吓傻了，那里分明站着愤怒的关慕，他从没有这样生气过，他的眼睛几乎能淌出鲜血一样，因为气愤，那紧握的双拳发出“咯吱咯吱”的声响。

“你们在干什么？！”大病初愈的关慕此刻脸色还是惨白的。

“关……关慕！”千美瑶结巴着回答，“我们没干什么，夏朵她，她偷了……”

还没说完，关慕已经发疯了一般抄起身边的椅子砸向那面宽大的镜子上，那面镜子霎时间变得细碎，女生们都纷纷抱着头跑出教室，再没有人敢靠近，教室门口也因为这巨大的声响一时间聚集起很多师生。

关慕发怒了，这一次是真的发怒了，史无前例。

夏朵也吓坏了，她哭着，想要找到关慕的位置，却怎么也找不到他，摸索中她哭着叫他："关慕，够了，不要生气了。关慕，关慕，关慕……"

关慕像不受控制的龙卷风，所到之处全部狼藉一片，根本听不到夏朵的呼唤。教室里的音响、显示器以及其他的设备全部被他砸烂了。

千美瑶浑身颤抖地看着关慕，眼睛里噙满了泪花，最后，关慕把锐利的眸子投向她，"你要叫保卫处吗？"

"不，不是的。"千美瑶抽泣着摇头。

"叫啊！"关慕猛地吼出两个字，吓得千美瑶一抖，"为什么不叫？现在叫啊！"

冷酷的眸光一凛，他单手已经抓着那椅子的残部狠狠地朝着千美瑶扔过去了，愤怒的低吼声像是来自山谷里的猛兽。

"关慕，够了！"就在关慕打算扬起手狠狠地打下去的时候，就在千美瑶捂着脸瑟瑟发抖的时候，夏朵从身后抱住了他。

她环过他的腰身时明显地感到他瘦了许多，原本粗壮的脊背如今略显单薄。因为持续高烧的关系，关慕如今还很虚弱，猛烈的动作会让他气喘吁吁，汗流浃背，T恤潮腻腻地贴在身上。

夏朵鼻子一酸，柔柔地说："关慕，不要生气了。"

就像是浇灭烈焰的一泉清水，夏朵的出现让关慕恢复了理智，他回身看她，依旧是那张完美的容颜，依旧是那双不染一丝尘埃的眸子。

“为什么？她欺负你，她们诬陷你，她们说你是小偷，她们是不可以被原谅的！”

“够了，关慕，已经足够了，你相信我就够了。”

夏朵哭红的眼睛里有淡淡的欣慰，她委屈地拉着关慕低声说：“院长说过，即便别人伤害了我们，我们也要原谅他们一次。”

那个战战兢兢的千美瑶就在关慕一步以外的地方，她听得清清楚楚，有那么一刻，就连她自己都开始厌恶自己，与夏朵相比，她显得那样的卑劣和丑陋，为什么高尚圣洁的品性永远属于那个夏朵，她恨，恨极了。

关慕紧咬着牙齿，他努力攥着拳头，“我，我做不到！”

他确实做不到，在他的世界里，从来没有人原谅他，他凭什么要去原谅别人？

“关慕。”夏朵柔软的手指悄然握住他坚硬的手臂，轻轻地一摇，说，“带我走，带我离开这儿吧，好吗？”

关慕这才低头去看，原来夏朵的脚在流血，应该是刚才摸索着寻找自己的时候，夏朵踩到了镜子的碎片，割伤了脚，鲜红的血顺着脚趾淌下，衬着她的肌肤越发显得惨白。

关慕毫不犹豫，一手抱住她的肩膀，一手托起她的膝盖，就这样打横把她抱在怀里，头也不回地走出去，剩下满教室的狼藉和吓坏了的千美瑶在那里哭泣。

浮水路的别墅里，关慕亲自为夏朵包扎伤口。

“好在伤口不深。”关慕懊恼极了。

“关慕。”夏朵悄然握住他的手，“我，我不是小偷，我没有拿别人的东西，你相信我吗？”

“傻瓜。”关慕抚摸着她柔顺的发，“我当然相信你。因为我知道你是多么地好，你是多么地善良。就算全世界的人都不相信你，我也会站在你这边的。”

他男性的气息越来越近，夏朵的心跳开始狂乱起来，她说：“谢谢你。”

“傻瓜，我是你男朋友啊。”他托起她的脸颊，那里有斑驳的泪痕，关慕用热热的毛巾为她擦拭，“千美瑶她们最近常欺负你吧？为什么不告诉我？”

她垂下头，默不作声。

“你的舞衣和舞鞋呢？为什么只有你不换衣服？”关慕又温柔地询问。

“坏了。”夏朵的鼻子发酸，那还是院长在她来慕汐前特意买给她的，就这样被千美瑶她们给弄坏了。

“是她们，对不对？”关慕一下子就猜到了，“为什么刚才不让我替你好好地教训她们？她们经常在我不在的时候欺负你，是不是？”

“我没关系的，真的没关系。”夏朵笑着摇头，可眼泪却再也止不住地落下。

“你为什么就这么傻？你以为你善良地对她们，她们就会善良地对你吗？”关慕宠溺地去为她擦眼泪。

“我不是为了她们。我是怕。”

“怕什么？”

“怕你知道了会生气，怕你会去发脾气，怕你做不好的事情。像今天这样，我很怕。”夏朵低声说着，吸了吸鼻子。

“吓坏你了吗？”关慕的心瞬间变得柔软，“我永远也不会那样对你的，我发誓。”

“不，我不是怕你。”夏朵抬起头，盈盈的泪光在眼眶里，“我是怕你会受伤。”

“你是怕我的病会更严重？”

关慕好感动，她竟然这样关心自己，她竟然想的全是他？

可那一刻，关慕也好心疼，“傻瓜，就算我生病了，也还是能保护你，就算有一天我死了，我的灵魂也会守护你。”

那天，夏朵赤着脚坐在关慕卧室的沙发上，地毯上有关慕颀长的影子，“关慕，你就像天使。”

夏朵的脚受了伤，一走路就会揪心地疼痛，那段日子，关慕就每天接送夏朵，还特意弄来了一辆轮椅。

“这太夸张了吧？我不要。”夏朵极不自在。

“老老实实坐着！”关慕将她娇小的身体强行按在轮椅上，推着她绕过艺苑路，一直到宿舍楼下。

饶是这样还不算，他竟然无视宿管阿姨的脸色，将夏朵抱起，径直把她送回了宿舍才罢休。

有了关慕的精心照料，夏朵脚上的伤口好得很快，原本触目惊心的伤口已经愈合，走起路来也丝毫不受影响了。

不过，她再没有去上舞蹈课，就连那个她曾经无比期待的舞蹈大赛，她也没有报名。

这天，关慕拉着夏朵上了他的那辆跑车，打开车窗，他点燃一支香烟，初夏的芬芳里混杂着淡淡的烟草气息，很好闻。

“为什么不去参加市舞蹈大赛？”良久，他缓缓地开口，打破了一路上的沉默。

“唔，就是不太想去。”她已经落下很多课了，而且她没有舞衣和舞鞋，她估计连初选都无法通过吧？

关慕回眸，阳光照着她浓密的睫毛，将她的脸颊和睫毛染成璀璨的金色。她是那样的失落。

“我已经给你报名了。”他转过头，继续看着前方，不温不火地说着。

“什么？你给我报名了？”夏朵瞠目结舌，第一时间她是惊喜的，不过稍后，她又陷入失落，“我不会去的。”

“为什么？你不是一直喜欢跳舞吗？这不是你的梦想吗？”

“是。”她闷着头，两根食指扭在一起，舞蹈是她黑暗世界里的光明和希望，曾经照亮了她最无助的日子。

“那就去参加比赛。”关慕刮着夏朵的鼻梁。

车子一路疾驰，最后停在浮水路别墅，关慕拉着夏朵到地下室去，那里很大，说话的时候会有回声。

关慕将夏朵的手放在面前的托盘上，“这是你的舞衣和舞鞋。”

光滑的面料，还有精致的蕾丝花边，这舞衣一定很美。

“我，我，我不能要。”夏朵怯生生地抽回了手。

“你能！而且必须。”关慕把舞衣塞给夏朵，“换好衣服出来，我带你去见个人。”

舞衣很合身，舞鞋也刚刚合脚，不知道关慕怎么会对夏朵这么了解，竟连这些他都清楚地知道，还贴心地为她准备了。

夏朵穿着洁白的舞衣站在关慕的面前，那一秒，关慕屏住了呼吸，就连心跳也漏掉一拍，他牵起她的手，带着她一路往前。

“姨母，她就是夏朵。”关慕拉着夏朵站在一处柔软的地毯上，面前站着一个优雅高挑的中年女人。

“夏朵？”女人开口便微笑着，很温和，“你好啊，我是青萍。”

“青萍老师？”夏朵惊讶得说不出话来。

青萍？青萍居然是关慕的姨母？

“姨母，阿慕拜托您特别辅导她一下，她要参加市里的比赛。”关慕在长辈面前格外地懂礼。

“当然可以，看得出她对你很重要。”青萍打量着夏朵，这就算是正式同意了。

原来，关慕私底下把浮水路别墅的健身房改成了夏朵的舞蹈训练室，还特别请了青萍为她辅导，每天关慕都会开车载着夏朵来别墅练舞，然后再把她送回宿舍，周而复始。

“关慕，青萍老师居然是你的姨母？你好了不起啊！”夏朵歪着头靠在车窗上，由着关慕载着她行驶在夜色里。

“青萍姨母，她是我……我妈的表妹。”关慕心头一涩，“她也姓慕，原名慕青萍。”

“慕，是很特别的姓。”夏朵柔声问着，“伯母的名字，是慕汐吧？汐是代表潮汐，她一定很美吧？"

"唔，她很美，美得像天使。"关慕的声音开始沙哑。

"关伯伯一定很爱她，才会用她的名字来命名我们学校，以此来怀念她。"夏朵心驰神往，一个人低声念叨着。

两个人都安静下来，车窗打开，有微凉的夏日晚风，路上疾驰而过的车子渐行渐远。

"关慕，你有梦想吗？"夏朵有些累，闭着眼睛，靠在那里，风吹起她的额发。

"那么你呢？"关慕轻声反问。

"我有。"她的声音越来越不清晰，"我希望自己能成为舞蹈家，还希望有那么一天，能再次看到这个世界，可以找到那个人，找到他……"

她已经沉沉地睡去，晚风吹拂着她的脸，像是母亲的手，一样的温暖、一样的柔和。

"傻瓜，你就是我的梦想。"

日子一天天临近，全市舞蹈大赛的日子就这样到了，关慕把夏朵一直送到了后台，一个人坐在观众席里，他居然有些紧张，仿佛接下来上台比赛的是他自己一样。

评委席上坐着许多知名人士，都是A市了不起的人，除了知名的舞蹈家以外，还有各单位的领导和慕汐的董事们，当然也少不了关睿宇。

关睿宇坐在左边，他的旁边紧挨着的是慕青萍，两人面色稍显尴尬。

比赛很快就开始了，夏朵应该是在第三个出场，关慕紧张得连心跳都加速了一倍。

关慕记得，比赛三天前当夏朵抽到这个顺序的时候，他一度开心地抱紧她，“夏朵，太好了，初选你一定会是第一名。顺序靠前，留给评委的印象会很深。”

那时候夏朵还嘲笑他太幼稚。

一号参赛者过去了，二号过去了。接下来就该是夏朵了吧，关慕紧握着自己的手指，第一次那么认真地看着台上的一切。

“下面有请三号参赛者，千美瑶!”

随着主持人朗声介绍着，关慕的手指猛地一动，人也迅速地弹跳起来。好在有身边的金铭拉他坐下，不然他一定会冲上去把千美瑶拉下台。

“怎么回事？不是该夏朵了吗?”付萍萍和韩飞也在台下疑惑地说着。

就这样，一个又一个参赛选手都出来了，只有夏朵还没出来。关慕几乎要冲入后台的时候，他却看到台侧评委席里关睿宇冰冷的眼神，双腿就再没有抬起来的气力。

“下面有请57号参赛者，夏朵。”

就在比赛接近尾声的时候，夏朵才出现。不过，漂亮的舞鞋不在了，她是赤着脚上场的。原本的曲子也变了，换成了另外的旋律。

不止关慕诧异，就连慕青萍也错愕地自言自语，“明明事先排练的不是这个舞蹈啊？”

“怎么，这个学生是青萍你特别关照的？”关睿宇闻声幽幽地问着。

“怎么问我？”青萍抽了抽嘴角，“是阿慕让我特别给她辅导的。这个女孩很有悟性呢。怎么？难道你这个做父亲的不知道吗？”

慕青萍讽刺地瞟了关睿宇一眼。

舞蹈结束了，青萍率先发问：“57号同学，你的舞鞋呢？”

“因为一些意外，舞鞋坏掉了。”台上的夏朵遗世独立在那束强光之下，美得让人惊叹。

慕青萍叹了口气，“讲一讲你的舞蹈，为什么选择这个舞曲。”

其实选择这个舞曲是夏朵临时的决定，因为上场前她才发现，自己原本的舞曲被音响老师弄丢了，她没有音乐了，而且舞鞋也不知道在什么时候被人破坏了。正是因为这样的原因，夏朵才从第三名被临时调换到第五十七名出场。

“这首曲子叫《潮汐》。”台下安静极了，所有人都在静静凝视这个美丽的女孩。

“我认为潮汐是很了不起的自然现象，它把海水周而复始的冲上海岸，带来小小的海洋生物，又带走那些海岸上的污垢。像极了慕汐，带给我们光明和希望，又无私地带走我们的黑暗和悲伤。”

观众席里报以热烈的掌声，评委席上，关睿宇在夏朵的评分表里打了一个很高的分数。

慕汐，是关睿宇一手创办的艺术学院，同时，也是他最挚爱女人的名字，那个早已远去的生命，那个最终血流不止在他怀里死去的女人。

没有事先准备，夏朵的舞蹈确实显得略微逊色，最终没能通过初选。不过她却异常地开心，坐在关慕的身边，她傻傻地笑着。

“傻笑什么？我都气死了。”关慕冷冰冰地说，“肯定是千美瑶，我要去找她算账。”

“算了。”夏朵拉住他洁白衬衫的一角，轻轻地一摇，就把关慕的心给摇动了，“不要去了，能在这么多人的面前跳舞，我已经很开心了。”

“可是，如果不是千美瑶搞破坏，你肯定能进初选的。”

“有什么关系呢？那不过是个结果罢了。”

关慕觉得他的夏朵有时有点傻气，不过傻得很可爱，还有点太宽容了，不过如果不是因为她这么善良宽容，当初又怎么会打动了自己呢？

舞蹈比赛结束了，最终千美瑶也没能进入决赛，这让萍萍和韩飞觉得很解气，不过夏朵却完全不在意，如今的她全部的时间和思想都属于关慕。

萍萍常开玩笑，说夏朵现在是关慕的“私人物品”。

眼看又到学期末了，这时候，却突然转来了一名新生。

那天，老师引着这名新生到教室里，向所有人介绍“这就是新转来的楚一凡同学，以后将和大家一起学习。”

下面开始有女生的窃窃私语，因为这个新转校生外形实在是无可挑剔，1 米 8 的身高，宽阔的肩膀，白皙的皮肤，而且总是带着儒雅温和的笑容，这样的外形无疑是所有女性的理想型偶像。

午后，关慕在篮球场上打球，夏朵一个人坐在篮球场的边缘，抱着他的衣服，吃着雪糕。

“天气真热，是不是？”一个男生笑道，之后他就走到夏朵的身边，坐下了。

“哦，是啊。”夏朵点头，羞涩地微笑。

“你是关慕的朋友？”男生继续问。

“唔。”夏朵还是点头。

就在夏朵觉得气氛实在太尴尬的时候，就听关慕在场上大叫一声，“看球，一凡！”

“不好意思，失陪了。”男生接过篮球，对夏朵很有礼貌地说了一句。

打球一直是男生们的爱好，夏朵看不到，可关慕总是乐此不疲地要夏朵陪着他，进球的时候他就会大叫，还会买雪糕给夏朵吃。

打完球，关慕总会汗流浃背地拉着夏朵的手，陪她在校园里漫步。

走在艺苑路上，他说：“刚才那个人是我堂兄，楚一凡。”

“哦，原来是你的哥哥。”夏朵揶揄着说，“你哥哥可比你绅士多了，他很有礼貌呢。”

“喂，夏朵。”关慕在艺苑路上忽然严肃地捧着她的脸，“你要时刻记着你自己说过的话。”

“什么？”夏朵忍着笑，扬起粉嫩嫩的脸颊。

“你说过我是最好的，我不许你称赞别的男人。”他霸道地捏了她的脸蛋，“你听到了吗？”

“就不！”夏朵淘气地吐了吐舌头，眯着眼睛明朗地笑着。

夏朵猝不及防的时候，关慕已经捧起了她的脸，低下自己的头，夏朵分明感受到他的气息越来越近，直到柔软潮润的唇吻在她自己的唇上。

刹那之间，全世界都静止了。她耳中听到的，只有她狂乱的心跳声，还有他急促的呼吸。

当他抬起头的时候，阳光再次洒满了夏朵的脸颊，她红着脸。

“看你还敢淘气！”他温柔地牵了她的手前行，两个人甜甜地微笑着，谁也不再说话。

第八章
楚一凡的出现

楚一凡，这个名字很快在慕汐响亮起来。不仅因为他是关慕的堂兄，也不仅仅是因为他的外表，更多是因为他实在是太温和、太绅士了。

原本追逐关慕的女生们都改投楚一凡的阵营。因为他没有关慕那样锐利冰冷的目光，也不会像关慕那样厌弃她们。不管是否喜欢，楚一凡都会给她们一个绅士的微笑，会礼貌地收下她们的礼物。

“这才是王子。既高贵，又谦逊，又那么绅士。”萍萍对这位楚一凡的评价更胜过关慕，也一度花痴到了极点。

就这样，夏朵被萍萍强制着在大脑里输入了有关楚一凡的形象。他很高大，不过却很温柔，他很高贵，却很亲切，他和关慕一样有深邃的眼睛，却总是柔情脉脉，他还很懂礼貌，极为绅士。

夏朵对楚一凡的印象不好也不坏，和他少有的几次碰面也是在关慕家，通常只是礼貌性地问好。夏朵偶尔会觉得楚一凡很亲切，但夏朵清楚地知道，那是因着关慕。

自从她喜欢上关慕那一天开始，他的家人对她来说就有了某种特殊的意义。

暑假就这么到来了，离校前一天，关慕亲自开车送夏朵回福利院。

“不用这么麻烦的，我自己坐公交车就好了。”夏日的烈焰照在她孱弱的肩膀上，细密的汗珠沁满了她的额头。

“上车！”关慕有点心疼，不由分说就拉着她上了车。

“你总是这么爱出汗吗？”关慕问着。

“嗯，我特别怕热，可能因为是冬天出生的原因吧。”夏朵甜甜地微笑，手里已经举着关慕提前买给她的冰镇橙汁。

“唔。”他看着前方，似乎在思量着什么。

夏朵发现那天的车速出奇地慢。原本不到一个小时就能到的路程，那天关慕足足开了两个小时才到。

站在福利院门口，关慕拉着夏朵，依依不舍。

“过几天，我和一凡说好要去郊游，你也去。”他修长的手指替她拨了拨黏在额头上的发丝。

“唔。”夏朵红着脸，靠在他的胸膛，绵绵地应了一声。

“给你的。”关慕最后拿出一部手机，塞到夏朵的手里，“总是打电话到福利院太不方便了，有了手机，我想你的时候就可以随时打给你，跟你说说话。”

“唔，我不能要。”夏朵急忙推出去。

“你就不能乖乖地接受?”关慕佯装生气的样子，“每次失眠都第一时间想听听你的声音，可是打到福利院和宿舍都怕打扰别人休息。这个电话，要随时开机，等我失眠的时候，会打给你。”

“那，那好吧。”听关慕这么说，夏朵才乖乖地接过手机。

7 月底的那天，关慕开车到福利院来接夏朵，后面坐着金铭和楚一凡，他们一行人遥遥地看到在福利院的大门口站着一个全身素白的身影。

夏日的阳光里，那身影越发地清丽，乌黑的发披散着，那一抹日光里的剪影就像一幅美丽的油画。

他们接上夏朵，车子一路疾驰，最终停在南郊的一处农家院外。

院落里遍开着薄荷，人声嘈杂，散发着各式各样的芬芳。

“不是郊游吗？怎么这么多人？”夏朵惊愕地问。

“郊游？这是关慕的生日派对。”金铭随口答了一句。

原来今天竟是他的生日？

“关慕，生日快乐。”夏朵沮丧地垂首，说“我没有准备礼物。”

作为女朋友，她实在是太失职了。

关慕牵起她的手，有好闻的薄荷香气，“你已经送过了。你不是早就把你自己送给我了吗？”他的目光怜爱地垂下，轻轻的一个吻落在她的头顶，穿过柔顺的发丝，将温暖传递给她。

派对上，关慕全程都拉着她的手，寸步不离。

大家玩得很尽兴，关慕被金铭他们拉着去唱歌，这才放开夏朵的手，让她一个人乖乖地待在原地，等他回来。

夏朵听着周遭喧嚣的人声，握着冰冷入骨的冷饮，她忽然觉得自己离关慕好远，和他单独在一起的时候，夏朵总以为他们离得很近。可是忽然将他们放在人群里，放在这样的场合下，夏朵忽然发现，他还是那遥远的星星，而自己永远无法到达他所在的地方。

就在夏朵出神的时候，楚一凡坐到她身边，“这样的场合，你应该觉得很无聊吧？”

楚一凡的声音很有特点，咬字很清晰，字正腔圆，像极了新闻联播的主持人，让人听一次就很难忘记。

“还好。”夏朵柔柔地说了两个字，“你怎么不去和他们玩？”

“我不喜欢太吵闹的环境，本来不想来的。”楚一凡回眸注视着夏朵，“可是，我后来改变主意了。因为这里，有很吸引我的人。”

“唔，是这样啊。”

“你喜欢他什么？”楚一凡抽了一口气，把身体靠在椅背上，随意地问着。

“你是说关慕？”夏朵忽然陷入一阵遐思，在脑海里努力地措辞一番，简单明了的两个字，“全部。他的全部，我都喜欢。”

楚一凡的眼神忽地闪过一丝失意，“很少有人喜欢他的全部，关慕的脾气很臭。从小到大都冷冰冰的，他的眼神总让人不寒而栗，那家伙的抑郁症也很严重，你和他在一起，难道不觉得害怕？”

“不啊。”夏朵心里有点闷闷的感觉，她不喜欢别人批评关慕，更不喜欢别人用他的抑郁症来说事儿。

“他是很温暖的人，他很有同情心，而且很宽容。请你以后不要再这么说关慕了。”夏朵紧张地为关慕辩护。

夏朵以前听萍萍说过，陷入爱情的女人都很傻，往往没有任何理智可言，现在她终于相信了。尽管夏朵明白，楚一凡对关慕的评价不虚，但她还是会控制不住地生气，并且极力地反驳。

当关慕唱完一首歌回来找夏朵的时候，他看到楚一凡一直出神地看着夏朵，他离着她那么近、那么近，而夏朵却红着脸，满面严肃地低着头。

“你们在说什么?”关慕拉起夏朵的手，她立刻安静地站到他的身后。

“没什么。”楚一凡勾了勾唇角，他的目光还大胆地停留在夏朵的脸上，最终拍了拍关慕的肩膀，贴在他耳边轻声说，“这是个好姑娘，要珍惜。”

派对结束之后，关慕开车送夏朵回去，一路上的氛围很不好，他脑海中不断回想着楚一凡的话，还有那暧昧的场景。

“你怎么了?”夏朵感觉他似乎不大开心。

“没什么。”关慕冷冷地回答，车速却很快，夏朵的心提到了喉头。

“你不开心吗?”

“跟你说了——没有!”关慕嗓音提高，他猛踩油门，耳边是呼啸的晚风。

“真烦!”关慕无意之间这样小声地嘀咕了一句。

那之后，夏朵果真安安静静的，一句话也不说。到了福利院，关慕的火气消了一半，他看着那个洁白纤瘦的身影静静地走下车子，静静地走进月光里，静静地又走回来，敲了敲他的车窗。

她清澈的眼睛看着他，他能看见她瞳孔中自己的脸。

“干什么？”关慕依旧冷冷地问。

“路上不要开那么快了，太危险。”她柔美地笑着，转身消失在夜色里。

阿慕，阿慕，妈妈的好孩子。

阿慕，阿慕，妈妈的好孩子。

噩梦，再一次袭来，他梦到那个倒在血泊里的妈妈，梦到那个昏暗冰冷的雨夜。他还梦到那车子翻滚前，他母亲抱紧他的感觉，还有那血腥味，还有她那最后竭尽全力对他说的话。

“阿慕，阿慕，妈妈的好孩子。”

醒来的时候，浑身湿透，棱角分明的脸上有密密麻麻的汗珠，他想起了她。于是，他拨通了她的电话，已经是凌晨 1 点多了，她也许根本不会接听的吧。

“喂。”对面传来对方慵懒的声音。

“你还没睡？”关慕有些意外。

“唔。”夏朵在电话那头小声地回答，“你呢？又做噩梦了吗？”

“唔。”他忽的鼻子发酸，想着自己不该那么小气，为了楚一凡的一句话，就对夏朵发脾气，“我以为你会生气。回去的路上对你那么凶。”

“不会。”夏朵绵绵地笑。

“夏朵，我爱你。”

寂静的夏夜里，电话两端都那么静谧，只有那三个字如此清晰，他的呼吸声越来越急促，还有吸鼻子的声音，他，在哭泣吗？

“我也爱你。”过了很久，夏朵也柔声地回答。

暑假里，关慕每天都来找夏朵，有一次，关慕带着夏朵到离福利院不远的街心公园，公园外的路面上发生了交通事故。

往来的行人纷纷私语：“听说有人死了。一位年轻妈妈死掉了。”

夏朵和关慕的脸色都不好，两个人走进公园，找了个长椅静静地坐着，听着周遭白鸽振翅抖动的声响。

“关慕，你还好吗？”这次是夏朵先开口的。

“唔。”关慕的喉头发酸，眼睛里布满了血丝，“有的时候，我很羡慕你，看不到反而更好，你可以活在自己的世界里。”

“我反而还羡慕你。不管好的还是坏的，我都想看到。”夏朵苦涩地微笑，“其实，6 岁以前的我，是看得到的。”

“6 岁前？”关慕惊愕地看着夏朵。

“嗯。是的。6 岁前的我，很幸福……”

于是，夏日的街心公园长椅上，夏朵对关慕讲述着她记忆里的一切。

夏朵出生在 A 市的南郊，据说父亲是名牌大学的高材生，却在毕业后毅然决然地选择到偏远的郊区小学做老师，母亲追随着父亲来到南郊，并在那里开了一家小小的杂货铺。生活虽然不是很富裕，夏朵却觉得很幸福。

那时候，夏朵会偷偷地拿杂货铺里的巧克力吃，爸爸还会帮着她瞒过妈妈。有的时候，爸爸会在夏朵睡前，在她的枕头下放两块糖。于是夏朵每天都会在睡前兴致盎然地找糖果。

如果找到了，夏朵就会把糖偷偷塞到嘴巴里，喜滋滋地闭着眼睛品尝。

妈妈虽然严厉，可却很疼爱夏朵，也很注重对女儿的教育。她总是在暖阳下坐在杂货铺外给夏朵扎头发，妈妈不怎么爱说话，所以她每每教育女儿只有一句，现在想来却让夏朵记忆得那么深刻。

“朵朵，长大要做善良的人，像你爸爸一样，做对社会有益的事。”

所以，在小小夏朵的心里，父亲是最值得尊敬的，他不仅亲和慈爱，还是很伟大的人。6 岁那年，夏朵很快就要上学了，父亲曾答应她，以后要做夏朵的班主任，亲自教她文化，一直看着她长大。

不过，一切都在那一个雨夜发生了天翻地覆的改变。夏朵妈妈上货回来得很晚，爸爸就拉着夏朵一路沿着路去迎妈妈，回来的时候，爸爸骑着三轮车，夏朵和妈妈坐在后面。

前一秒夏朵还在畅想着回家吃热乎乎的白米粥，下一秒不幸就发生了。在拐角的地方，一辆汽车失去了控制，一直朝着他们冲过来。

记忆里，那汽车里的人也发出惨叫，最后车子翻下了公路，倒在一边。夏朵最后的意识，是那束强光里走来一个男人，他的脸一闪而过，他是那样惊慌。

“那后来呢？”关慕握着夏朵的手，听她静静地说着。

“后来，我在医院里醒过来，得知爸爸是在雨夜里当场死亡，妈妈是在来医院的路上没了呼吸。只有我自己活了下来。可是颅脑损伤压迫了视觉神经。而且，双眼角膜受损，从那之后，就什么也看不到了。”

关慕握紧她的手，他不知道夏朵是怎样一个人挨过那段日子的，那样幸福的家庭在一夜之间倾覆，对一个 6 岁的女孩来说是何其残忍啊！

“那个撞了你们的人呢？”

夏朵苦涩地摇头，睫毛抖动着说：“他逃跑了。”

“所以，你才想要再次看一看这个世界？为了找到那个男人吗？”

“唔。”夏朵点头，“我只是想找到他，问一问他，为什么要丢下我们逃跑。那么冷的夜，如果他及时把妈妈送到医院，也许妈妈还能活下来。”

“你还记得他的样子吗？”

“唔，不过已经很模糊了。”夏朵深深地吸了一口气，“那束强光里，只是隐隐看到他的模样，即便真的有一天我能看到，也不一定能找到吧，毕竟这么多年了。”

“一定能找到。”关慕坚定地说，“你找到他打算怎么办？那么坏的人，绝不能原谅他。”

说实话，夏朵并没有考虑好她会怎么办，只是在刚刚失去父母的那段日子里，夏朵陷入黑暗的那段日子里，她太需要一个目标，一个坚强下去的目标，于是重新睁开眼睛，再见一次那个强光里一闪而过的那个男人，是支撑夏朵这些年的唯一动力。

“不能原谅还能怎么样？爸妈也不会回来了。”夏朵低下头，乌黑的头发挡在眼前。

新学期开学的时候，他们已然是大三的学生了。这是一个谜茫的时期，没有了初入校园时的新鲜和兴奋，也没有大四学长们的坚定目标，大家都在摇摇晃晃之间，寻找着、摸索着。

“萍萍，你打算做什么？”夏朵问着付萍萍。

“我打算工作了。”付萍萍总是很容易做决定，她不太爱学习，可是很喜欢摄影，“我要在文艺界里摸爬滚打了，没准儿以后能成为知名的摄影师。到时候拍的都是大腕明星。”

“我看你在摄影界不一定知名，但肯定能成为优秀的娱乐记者。”韩飞吐槽着萍萍，自从冯昊东出国后，她就变得异常地温和。

“那你呢？”夏朵又问韩飞。

“我打算继续读书，要凭自己的努力出人头地，我已经申请了几所学校，还不知道结果呢。”韩飞一副豪情满怀的样子。

“真好，韩飞，你一定会成功的。”夏朵喜欢这样的韩飞，总是有很强大的力量，让人觉得只要努力一定能到达自己想去的地方。

“那你呢？”韩飞反问夏朵。

其实夏朵自己也不知道，进入慕汐已经千载难逢了，她不知道自己毕业还能去做什么，像她这样的情况，走到哪里都是举步维艰的。

“我还没有想好。”

不过这样的烦恼可能只有夏朵和萍萍这样的人才会有，大多数慕汐人还是一如往昔。

有一天，夏朵这样问着关慕：“关慕，你有过打算吗？毕业后，有没有想过要做什么？”

“干什么？”关慕从来是毫无目标的，因为他的生活从来就不是他自己做主的。就拿在慕汐读书来说，那也不过是听从关睿宇的安排。

“是啊，我知道你是油画班的，可却从没见你画过，难道你不喜欢吗？那毕业后打算做什么？”

后湖已经修缮好了，夏朵和关慕就在湖边的小石凳上坐着，入秋之后，来后湖的学生也越来越少，这里显得十分荒凉。

“毕业后……向你求婚。”关慕玩味地笑着说。

“求婚？”夏朵的脸绯红，和后湖上的晚霞一样好看。

“夏朵，在遇到你之前，我从来没有什么打算，不过我今后的全部，都是你。等我们毕业了，我会向你求婚，我要你做我的妻子。”

关慕对夏朵的爱让他恨不得无时无刻地把夏朵放在自己的身

边，他只恨不得自己能长出一对羽翼，将夏朵紧紧地包裹在自己的羽翼里，只有那样他才是安心的。

那个映满晚霞的后湖边，夏朵忽然就幻想着未来，也许再过一年，他会牵着自己的手走进白色的纱幔之中，听着所有人的祝福和掌声，开启新的生活篇章。夏朵忽然想到，也许，他将是自己未来最亲密的人，这样的感觉让夏朵胸腔开始温热起来，还有种莫名的激动和期许。

大三第一学期，夏朵变得很忙，她忙于排练舞蹈，忙于思索未来，忙于寻找未来的道路，因此，她可以陪伴关慕的时间就越来越少。

有一天，关慕打来电话要夏朵陪他去打篮球，可夏朵却推说自己要去自习室做听力训练。无奈，关慕只好悻悻然地挂断电话，和金铭他们打球去了。

关慕和金铭打篮球的时候，周围有不少观赛呐喊的女生。可惜关慕却没有了往日的兴致，打了两个回合就退下来，坐在一边喝水，他沉默不语。

“怎么一个人?”千美瑶穿了紧身运动装，梳着马尾，踩着限量版的篮球鞋，很少见她这样运动的装扮呢，倒比平时更让人眼前一亮。

“……”关慕心情不好，只瞟了一眼她，却不回话。

“被她甩了？”千美瑶勾着唇角轻笑着说：“看来是咯。”

关慕还是沉默。

“我听别的同学说，夏朵最近常跟楚一凡一起出入自习室，看来你要紧张起来了。”千美瑶笑得妩媚，回眸却撞上关慕冰冷肃杀的眼神，“我也是好心提醒你。”

关慕并不相信千美瑶的话，他大约知道千美瑶对自己的心思，何况她还三番四次地欺负过夏朵。虽然不信，可心里难免有些闷闷的感觉，于是一个人拎着衣服缓缓地往教学楼走去。

站在顶楼上，慕汐的每一处角落都尽收眼底，这里是他和夏朵第一次相遇的地方，是他第一次对她表达爱意的地方。关慕站在这里，感受着四面八方吹来的凉爽的风，心里畅快了许多。

掏出香烟，才要去按下打火机的拇指蓦地怔住。

因为视线太好了，他清楚地看到夏朵洁白的身影徐徐地走在教学楼前，身边跟着楚一凡。两个人并肩走着，还不时地笑着。

刹那间，千美瑶的话再次在他的大脑里回荡着。

“夏朵最近常跟楚一凡一起出入自习室，看来你要紧张起来了。”

怎么会是这样？她怎么能这样对自己？

关慕站在教学楼的楼顶上，一直目送着他们远去的身影。该死的风，吹湿了他的眼睛，直到他已经满脸泪痕的时候，他才收回了视线。

那天，夏朵打了十几个电话找他，他都没有接听。一个人在顶楼坐了5个小时，直到天都黑了，直到所有人都返回宿舍了。

电话再次响了，屏幕上跳动着夏朵的名字。

“喂，你在哪？打了很多电话，怎么不接啊？让人担心。”电话那端是夏朵焦急的声音。

“唔，我有点累。”

“怎么了？你的声音怪怪的。你在哪？我去找你吧。”

“不了，我想自己待会儿。”

关慕挂断了电话，他不想见夏朵，并不是他厌恶了夏朵，而是他清楚地知道，以自己现在的状态，若见到她是一定会对夏朵发脾气的，爱着夏朵的心，胜过他对自己。他不允许任何人伤害夏朵，哪怕是他自己。

第二天，关慕已经平复了自己的心情，照例在宿舍门口等着夏朵。楚一凡的事情没有影响到关慕和夏朵的恋情，关慕选择了信任和包容，这让千美瑶更不甘心，她再等待机会，等待一个可以把夏朵从关慕身边彻底分离的机会。

那天，夏朵冻得瑟瑟发抖，红着小小的脸蛋，拿着一张宣传单摇醒正在自习室里酣然大睡的关慕。

"关慕，你快看看，市里创办的美术大赛，前十名优秀的作品会在明年全市画展展出啊。关慕，别睡了，喂！"夏朵无比的兴奋。

"什么大赛啊？你又不会画画。"关慕慵懒地揉着头发，微长细碎的头发垂在眼前。

"当然不是我，是你啊。"夏朵兴奋地摇着关慕的手臂，"你不是学油画的吗？应该画得很好吧？"

关慕眼前看到的是夏朵两眼放光的样子，手里紧紧握着宣传单，冻得手指通红也不顾，真不明白这个傻瓜到底在想什么。

"我不去。"关慕一口否决。

"为什么不去啊。关慕，拜托你了，去吧，去参加吧。你会很优秀的。"夏朵哀求着握住关慕的手臂，轻轻一摇。

"你在和我撒娇吗？"关慕认真地打量着夏朵。

"我不会撒娇。"夏朵倔强地瘪着嘴巴，"你去参加吧。想想，也许可以参加画展，被很多人看到你的画，这是多么好的事啊！"

"我没有想画的。"

夏朵又提议，"不如我给你当模特吧？你就画我吧？"

关慕瞄了一眼那张宣传单，五彩斑斓的扉页，是市里的美术馆承办的，看来还真是下了大本钱的。

"不要。"

关慕一直很倔强，他认定的事情是极难改变的。

虽然夏朵一再地苦苦求他，可关慕一直都不肯，关于参加比赛的事，夏朵也就再没有提起过。

那是周末的一天，关睿宇在家里办家庭聚餐，楚一凡也来了，长辈们觥筹交错的时候，关慕通常都会在自己楼上的卧室里躲清静。

“还是你这里清静啊。”楚一凡推门进来，怀里抱着厚厚的画本。

“你怎么不在楼下？你可是长辈眼睛里的优秀孩子。”关慕的语气里有些讽刺的意味。

从上次的事情后，关慕对楚一凡的态度就有了明显的变化，总是带着抵触和敌意。

“优秀孩子也有优秀孩子的苦恼。”楚一凡语气里透着一股辛酸。

“怎么?”关慕放缓了语气。

“没什么。就是毕业后的事呗。”楚一凡苦涩地一笑，抽了抽嘴角。

关慕看着楚一凡伸了伸懒腰，在沙发上疲惫地闭着眼睛，想着他的处境也的确不好过。

实际上，楚一凡是被家里寄予厚望的，他母亲，也就是关慕的姑妈，那强势性格更胜关睿宇一筹。所以在关慕小时候的记忆里，楚一凡是毫无自由可言的，小小年纪的楚一凡就要背负着全家人的希冀；如今马上大学毕业，全家人的神经也再次集中到他的身上。

关慕叹口气，这家伙总是温文尔雅的样子，想不到也有这么多的苦恼。

楚一凡静静地靠着沙发，呼吸均匀，神情自若却有些许的疲惫，关慕看到他手边那画本里夹着的一张宣传单，露出五彩斑斓的一角。

“这家伙，也要去参赛吗？”关慕心头又是一阵不悦。

自从爱上夏朵，关慕发现自己的神经变得很敏感，就连心胸也越来越小。原本以为冯昊东走了之后情况能有所好转，可没想到楚一凡的出现，再次挑逗着他敏感脆弱的神经，不过关慕已然进步不小，他在极力地克制。

那天，他终于彻底失控了。

那天，千美瑶风风火火地找到关慕，扯着他往画室去。

“你疯了吧？”关慕甩开千美瑶的手。

“你跟我来，拜托你跟我去看看，夏朵到底是怎么欺骗你的，她和楚一凡到底整天都干了什么。”千美瑶情急之下，就抱住关慕，“你跟我来看看吧，看了你就知道了。”

关慕只好半信半疑地跟着她去画室。

那是楚一凡常去的画室，一个画架立在窗边，上面盖着薄薄的纱。千美瑶站定，深吸一口气，用力一扯，那幅画就出现在关慕的面前了。

那是一副全裸的人体画像，笔触很细腻，看得出画这幅画的时候，作者是倾注了极大的感情的。那画里的女人身量纤纤，靠着椅子摆了个很随意的姿势，光滑的肩膀上披散着乌黑的秀发。

关慕觉得头脑发胀，血液仿佛都在那一瞬间涌上了大脑，他不能思考，浑身的麻木让他快要不能呼吸了。

他觉得双眸都在跳动，眼前那幅画里的女人，仿佛就要活过来一样。那张脸，他再熟悉不过了，那双美丽清澈的眼睛，他是曾经那样迷恋着它们。

那幅画里描绘的人体，正是夏朵！

“关慕，你还不清楚吗？夏朵她根本不爱你，她背叛你。她给楚一凡当模特。他们……”千美瑶想在这最关键的时刻再火上加油。

“闭嘴！！”关慕的脸色很不好，铁青着脸，眼睛里布满了血丝，比上一次在舞蹈教室恐怖得多。

“你还不明白吗？我才是爱你的。关慕，我是真心的。我一辈子都不会背叛你。”千美瑶抓紧关慕，她努力地攀住关慕的脖颈，这个拥抱，她等了太久。

“滚！”

关慕推开千美瑶，摇晃着跑出去，满眼都是血丝，拳头攥得生疼。他不懂，为什么她要骗自己？

为什么连她也要离开自己？

这一次，他到底做错了什么？

第九章
爱着的心易碎

关慕踩着深秋的落叶，眼前的黄色让他眩晕，只觉得天旋地转一般，眼眸所到之处都是摇晃的。心跳变得那样清晰，那颗心脏在胸腔里猛烈地跳动，撞击着他的肋骨，每一次的收缩都激发出无限的疼痛。

那疼痛是撕心裂肺的，那疼痛让他连呼吸的力气都没有，因为疼痛，他的眼圈红红的，脸色是前所未有的苍白。

“夏朵不在，今天是周末，她回福利院了。”萍萍站在宿舍楼前对关慕说着，“你，还好吧?”

关慕一句话也没有说，只是缓缓地抬起那双布满了血丝的眼睛。那里面有一层浅薄的雾气，乍一看，那双眼睛像是迸出鲜血一样。

那天，所有人都看到关慕那张惨白的脸，所有人都看到他在夏朵宿舍楼下孤寂单薄的背影，他就这样吸了一口气，一点点地握紧手掌。

在去福利院的路上，关慕的车速开到了极限。看着那些一闪而过差点撞上自己的车子，听着窗外呼啸的风声，还有那些尖锐的刹车声。

关慕第一次萌生了这样的念头：是不是死掉，这一切就都结束了？

车子疾驰，骤然停在福利院外，夏朵坐在福利院外的花坛旁，秋叶落在她的头发上，她只是裹着一件单薄的外衣，昏黄的路边，那一抹洁白的身影让人怜惜。

只是如今，当关慕的双眸落在她的身上时，一刹那想到的竟是那幅画。

她在等谁？已经这么晚了，她这是在等楚一凡吗？只有关慕自己清楚，随着手指的收紧，他的心仿佛也被抽空了一般，一颗空置的心里，没有热血的循环，它将是怎样的空寂和冰冷，好在它是冰的，总好过痛彻心扉。

关慕走到她的身边，拈起落在她发丝上的黄叶，指甲陷入叶子的根茎里，叶子离开大树的时候就等于死了。那么这样折断它的根茎，大抵也不会更疼吧？

“萍萍打电话给我，说你去找我了。我猜你会来这里。所以就在这等你。”不等关慕开口，夏朵仰着脸，温柔地说着。

修长的手指再次用力，那片黄叶旋转着落下，他拽过她的手，野蛮强硬地把她塞进车子里。手腕上巨大的力气仿佛要把她的手也捏断，这力道让她吃痛地紧咬牙齿，却仍旧一声不吭，安静地坐在他的身边。

秋天，夕阳在天边染成金红色，路上铺满了金色的落叶，萧瑟的秋风吹进来，夏朵不禁打了一个寒颤。

“来的路上，我想过死。”关慕缓缓地开口，满是血丝的眸子静静地注视着前方，他的手开始颤抖，根本握不住方向盘，他唯有让指甲陷入那塑胶里，按出一处处触目惊心的甲痕。

“可是，我后来想，如果我死了，你会为我流泪吗？”深秋的冰冷气息混杂着薄荷微凉，关慕的声音沙哑且颤抖，眼泪静悄悄地落下，他一贯倨傲冰冷的下巴忽然扭曲起来。

那么疼痛的心，她能懂吗？

“关慕……我……”夏朵错愕惊慌的声音，她看不到，可却能感受到此刻车速有多快，疾驰的速度，让她整个人都向后倾斜着。

“为什么？为什么连你也这么对我？我是那么爱你。”关慕哭红了眸子，他的声音都是凄苦的，他开始冷笑。

“我绝对不会让你离开我！”关慕这句话说得发狠，一字一句，“就算是死，也会让你在我的身边。”

车子一路开到了沿海路，这是A市最北边的路，海岸线已经若隐若现。在漆黑的夜里，惊涛骇浪的声音是那么清晰，关慕驾驶着车子，笔直地开向海岸线。

阿慕，阿慕，妈妈的好孩子。

阿慕，阿慕，妈妈的好孩子。

关慕的脑海空洞洞的，除了这句话，他什么都记不起来。

目光所及不远处，是那浩瀚壮阔的海面，只要再有几秒钟，他们就可以冲进去，冲入那海浪里，世界于他们而言也将停止，没有楚一凡，没有痛苦，没有悲伤，没有抑郁症，没有关睿宇，什么都没有，有的只是他们两个，只是永恒……

“我绝不会离开你。放心吧。”

身边的她转过头轻柔地说着，没有任何挣扎和惊慌，她顺从平静地坐在他的身边。

车子飞驰，卷起沙滩上细小的石子和沙子，他发了疯似的猛踩油门。

如果再过几秒钟，关慕还没有停下汽车，那么，这辆汽车连同他们都将被卷入冰冷的大海里。

这个世界，这一生，他都受够了，早该结束了。

眼看就要冲入海浪里，惊心动魄的浪花的声音就在耳畔，空气里是海水咸腥的味道，夏朵瑟瑟发抖，手指不自主地握住了关慕的手臂，因为紧张而闭紧了眼睛，贝齿狠狠地咬在下唇上，努力地让自己不发出一点声响。

她这是准备赴死吗？为什么不阻拦，哪怕是尖叫一声也好。为什么她陪着自己，竟然这样默默地承受。

就差1米左右的距离，车子忽然停住了，耳边没有了呼啸的风，除了海浪一阵阵翻卷着袭来的声音，夏朵什么都听不到。

沉默了很久，关慕才把夏朵拉下车，他钳着她的手臂，月亮已经升起来，洒在夏朵的周身，海风吹起她的衣裙，吹得那衣裙紧紧地贴在她的身体上，显现出她姣好的身姿，关慕倒抽一口气。

“从今天起，我再也不会……爱你……”他的声音在颤抖，一字一颤。

夏朵洁净的脸上从错愕变为悲伤。

“我再也不会爱了！”关慕嘶吼着，他哭了，再不掩饰，倒抽着一口气，“我是傻瓜，傻到了极点，我才会爱上你，才会相信你也一样爱着我。”

“我是……”夏朵还来不及开口，眼泪就落下，她明明也是那样地爱着他，明明就是啊。

“从此以后，我不会再见你！”

呼啸的海风在耳边，夏朵瘫坐在沙滩上，她哭了，因为这里好黑，好冷。关慕的车子已经远去，连同那冰冷的薄荷味道一起消失了。

夏朵怕极了，她怕关慕真的就此不再见她。为什么在她才得到一点点幸福的时候，他却要一手全部打破呢？

过了很久，夏朵重新听到车子的发动机声音，继而是脚步声，踩在石子上窸窣的声音。

“关慕？是你吗？”夏朵那眼睛里水汪汪的，她想去抱住他，因为他还是回来了，他一定是舍不得她的，或者他一定是误会了自己。

“是我。”

不是关慕，没有他的薄荷微凉，没有他的骄傲语气，也没有他的温度。

“怎么是你？”夏朵才有的一丝喜悦忽然荡然无存。

来人是楚一凡，在那双同样深邃的眼眸里，也有着疼爱和怜惜，眼前的这个女人，瘦弱的肩膀在发抖，她那张姣好的脸上有焦急和落寞。

“刚才阿慕打给我，让我来接你。”

楚一凡褪去自己的外套，披在夏朵的肩膀上。他多想抱一抱她，她可怜惊慌得像是一只小猫，让人不禁就起了想要疼爱她的心。

“他真的不见我了吗？”那苍白的唇角抽动着，“如果他真的再也不见我，该怎么办？我该怎么办？”

她就那么爱着他吗？她就那么害怕失去他吗？

楚一凡把她抱进自己的怀里，“没关系，夏朵，你还有我……们。”

“我只要他，全世界里，我只要他一个人。他说过，他会保护我。他说过……”

那个冰冷漆黑的深秋夜晚，夏朵再次想起她乍然失去父母的那天。也是这样冰冷，也是这样失去了一切，也是这样，任凭她孤独一人，任凭她如何痛哭，爸妈也没有再回来。

她再次被抛弃了吗？毫无征兆地在一夜之间，失去了原本属于她的幸福和快乐。

关慕没有出现在慕汐，换做夏朵每天徘徊在画室门口，她找遍了校园的每个角落，没有了薄荷微凉，也没有他懒散冰凉的声音。

她去过浮水路，可是她根本进不去。

她也打过他的电话，可是，毫无例外地全部都是关机的提示音。

于是，这样的日子持续了三天。这三天里，夏朵不分白昼黑夜地思念着他。只会怔怔地出神，她只会落泪，所到之处都有着关于他的记忆。

这三天里，夏朵一粒米也没有进。有的时候，她会呆呆地坐在窗户前，只要有人敲门，她就会惊慌兴奋地去开，她期待他能再来找她。

可是关慕再没有出现，自那个冰冷的海边夜晚之后，夏朵再没有见过他，甚至没有听过他的声音。

萍萍看不过去的时候，会拉着夏朵去吃饭，“好歹吃点吧？不吃饭，人会变笨的。人变笨就会钻牛角尖。”

“我不饿。”那时候，她已经两天两夜没有吃过东西了，可她却觉得很饱，一点也吃不下去。

楚一凡打过电话，他邀请夏朵一起去吃午饭，可是听到的永远是夏朵毫无力气的声音，然后是淡淡礼貌的回绝。

夏朵一个人死气沉沉地走在艺苑路上，那双清澈无忧的大眼睛一下子像是被抽空了一样，没了生气，没了往昔的神采。

第三天，韩飞实在看不下去，打了八宝粥给夏朵送到宿舍。

“好歹吃点吧。虽然我不知道你们出了什么事，可是好歹吃点东西吧。”韩飞把勺子塞进夏朵的手里。

热热的八宝粥，滚滚升起的温热气息，沉浸在悲伤和冰冷里太久了，夏朵乍然遇到这样的温暖，鼻子直发酸。

“快吃吧。”萍萍也说。

夏朵吸了口气，一个人握着勺子，才缓缓地舀了一勺，那粥还没送到嘴边，她已经哽咽了，咬紧牙关，终是吞下一口热热的粥。

那温暖融化了五脏六腑一般，心里的全部疼痛都被唤醒。然后，她终于大哭起来，那样的她让萍萍和韩飞心疼极了。

一碗粥，她只吃了一口，就再也无法下咽了。

第三天的黄昏，有人在艺苑路上发现她，她晕倒了，穿着洁白的衣裙，还有他送她的毛衫。

这件事在慕汐传播得很快，因为有许多人看到救护车开进校园，还有许多人看到一个洁白瘦弱的女孩儿被抬上车。

如果她就这样离去，他会不会为她落泪？

医院的病房里，暖暖的阳光照在病床上，洁白的被子盖着她瘦弱的身体，房间里寂静得让人直打寒颤。

“怎么这么傻？”楚一凡修长的手指轻抚她的发丝。

病床上，夏朵的眼角淌下一行清泪，这泪又是为了他吗？

她就算是在睡梦里也是做着关于他的梦吗？

深秋了，外面的落叶静悄悄地脱离树干，已经到了分别的季节了吗？

楚一凡深邃的眼眸微微收紧，他握住夏朵的手指。

“安心地睡吧，我会帮你把他找来。”

那天，A 市刮起了北风，凉凉的风吹进窗子里。楚一凡深邃幽暗的眼睛注视着前方，那种心脏失重的感觉让他无心去看路边周遭的行人，风灌满了他的整个耳朵。

风卷起落叶，疯狂地在空中摇摆。

那笔直的道路一直通往浮水路。

楚一凡记起，那个暖阳里迎着光芒淡漠得像一幅画的女子，清澈的眸子闪着光亮。

他还记起，那个仲夏夜里立在福利院外的姣好身体，洁白的衣裙如练。

大概，就是从那个时候开始，他喜欢上了这个总是默默沉思的女孩。大概就是从关慕生日那天以后，他发现她竟然走进他的心里。

浮水路的别墅里，宽大的落地窗被砸碎了，冷风吹着关慕半长的发丝，亚麻色的头发在阳光里呈现着安静耀眼的金色。

右手缠着厚重的白色绷带，房间里充斥着酒精和消毒水的味道，冰冷的、让人害怕的味道。

“阿慕的抑郁症很严重，曾经试图自杀，这是这些年没有过的，现在打了镇静剂，才安静下来。”老管家引着楚一凡进来，一面说着一面叹息。

自残、自杀，是抑郁症到了极严重的地步才会有的行为方式了吧？

房间里只剩下他们两个，楚一凡立在关慕的床前，俯视着他那张曾经冰冷倨傲的脸。如今，那张脸却这样地苍白，嘴唇毫无血色，像极了医院里的夏朵。

“我是比不过你的。”良久，楚一凡深吸一口气。

眼前憔悴静卧的这个家伙，可以为了她的笑容就幸福地像个孩子，可以为了她变成另外的自己，这是怎样的爱？

是爱到了骨子里，才会彻底地荡涤了自己的灵魂吧？

是爱到了血液里，才会彻底地变成其他的样子吧？

过了许久，直到路灯都亮了，远处各家的灯星星散散地闪着微弱的光芒，关慕才缓缓地睁开眼睛。

疲惫的双眼第一眼就看到那张令他心痛的面孔。

“滚。”干裂的嘴唇微张，竭尽全力，只说了这一个字。

两张有些相似的脸，静默地对视，一样深邃的眼眸，一样高挺的鼻子，一样英气的眉毛，一样地爱着那个如夏花般灿烂的女孩。

“说完我要说的话，我就会走。”楚一凡开口，只觉得喉头蠕动，“去看看她吧，她病了。”

关慕苍白的手指微微抖动，一点点收紧。

“她好像一直在找你，到处找你。”楚一凡苦笑着摇头。

关慕已经别过头去，苍白的脸上只有一双布满血丝的眼睛和红肿的眼眶。

“她为了你找你3天不吃不喝，才会体力不支晕倒的。医生说，送去时很危险了，不过现在已经稳定了，你可以放心了。”

关慕别着头，眼泪顺着眼角经过高高的鼻梁一点点流淌下来，在洁白的被子上洇出一朵乳白的花。

“她，还好吗？”关慕心疼地皱着眉头，她怎么会病倒呢？

可是就算病倒又怎么样？她再也不需要自己了吧？他再也不能喂她吃很多很多的东西，再也不能静静地守在她的身边，再也不能看着她一点点变胖，因为她早已抛弃了他吧？

“不好，她一直在等你。”楚一凡抽了一口气，“赶紧起来，去找她。”

“……”

昏昏沉沉的这三天里，关慕有过1万次的纠结，尤其是当夏朵站在别墅外徘徊的那几次，他想干脆冲出去抱住她。不管她做过什么，不管她爱着谁，不管她欺不欺骗自己，他都不在乎了，他就是要她，他就是爱她。

他承认，自己很没出息，这一次没出息到了他要逼着自己妥协的地步，因为他爱她，早已胜过爱自己。

“她甚至不给我亲近她的机会。”楚一凡苦涩地笑着，“哎，好不甘心啊，居然输给了你这家伙。快去找她吧，她要的一直都是你。”

外面的天空从深邃的蓝色变成沉闷的黑色，竟然一颗星也看不到，就像关慕的心一样，被黑暗蒙蔽了。

楚一凡已经走到门口，他颀长的身影透迤在地毯上，掩盖了上面几点斑驳的血迹，在迈出下一步之前，楚一凡抽了一口气，缓缓地开口。

“别再做傻事了，她会心痛的。”

第五天，夏朵失魂落魄地半躺在病床上，她那尖尖的下颏边粘着一些发丝。

那薄如蝉翼的嘴唇，此刻惨白得让人心慌。她对为她换药的护士淡雅地微笑，可是她的眼睛却没有在笑，只是机械地扬了扬嘴角。

病房的门被推开，他一步步走近她，有好闻的薄荷微凉。

她那双空洞无神的大眼睛，忽地就蒙上一层雾气，睫毛抖动着，挥洒点点泪花。

“你来了？”夏朵孱弱的声音小心翼翼地问着，她怕他就这样再次消失。

她伸出手指，朝着关慕的方向，“能帮我吗？我没有力气坐起来。”

他曾经是那样愿意帮助她，不遗余力地守护着她，在她的身边寸步不离，甚至一生一世地守护着她。

关慕的心口一软，到底还是伸出了宽大的手掌。

夏朵柔软的手指嵌入他的掌心，就再也不肯放开，她拉着他，眼泪淌了很久很久，才忍住喉头的酸胀，“那天没来得及告诉你，我……爱你。”

3个字，关慕就知道自己再也不会放开她的手，他愿意没出息这一次，只要能在她的身边，一辈子都在她的身边就好。

“吃饭。”关慕忍着喉咙里的酸胀，用缠着纱布的手端起夏朵床边的一碗清粥，一口口喂她吃。

夏朵一边吃着，一边抽泣，半碗粥，好像混合着半碗眼泪，咸咸的、苦苦的、涩涩的眼泪。

“睡会儿吧。”关慕由着夏朵拉着他。

“你还要走吗?”夏朵低柔的声音，像一只不安的小猫。

“如果你要我留下的话……”关慕艰难地说着。

他怎么忍心走呢？没有她的这些日子里，他就像是没了灵魂的躯壳一样，他不得不留下，就像他不得不屈从于他的内心，因为他爱她，早就爱得深入骨髓。

“我要你留下，我要你……一辈子在我的身边。”夏朵抖动着睫毛，她的眼泪滴在关慕的手臂上，柔柔的、暖暖的。

“夏朵，你想好了吗?”他冰冷的声音那样严厉，扬起倨傲的下巴，蹙着眉，深邃的眸子里有雾气在打着转，“想好了再说。”

“嗯。”

“你想好，让我留下，这辈子你都要在我的身边，你都只能在我的身边。”关慕蠕动着喉头，屏住呼吸，望着那张洁净的脸。

“嗯，我想好了。”

“我脾气很不好，不绅士，我很霸道，不如楚一凡体贴。这样的我，你确定要吗?”

夏朵的脸色很不好，眼眶微红，伸出的手胡乱地摸索着，停在了他的脸颊上。

“我确定，我要的人，是你。是那个时时刻刻都在我身边的你，是那个牵着我手站起来的你，是那个我深爱着的你，是你，是你，是你。”

关慕彻底妥协了，他张开手臂，紧紧地把夏朵揽入怀抱里，她甜香的发就贴在他的肌肤上。

“我不在乎，我都不在乎了，我是疯了才会丢下你，是疯了才会离开你。”他低着头，半长的发遮住那道不足半寸的疤痕，手臂一点点收紧，将夏朵包裹在自己的怀抱里。

“慕，你在说什么？”夏朵依偎在他的怀抱里，低声疑问。

“没关系，一切都没关系了，什么都不重要。”

一切都不重要，那幅画不重要，楚一凡不重要，只有她最重要。

他曾经执念地怨恨着夏朵，他的心被自己残害得千疮百孔，现在他知道，至少她是要自己的，关慕觉得一切都可以过去，只要她要自己，一切都可以重新来过。

一周后，当千美瑶站在国际机场的安检口回眸一望的时候，她做梦也没有想到，她会看到那一幕。

瘦弱的夏朵，穿着洁白的衣裙，从远处朝她走来，身后跟着的是关慕。虽然关慕还是那副骄傲和冰冷的模样，可他到底还是来了。

“听说你要出国，关慕和……我来送送你。”夏朵白皙的脸颊上纯善地微笑着。

千美瑶一如往昔的波浪秀发，一如往昔的8厘米高跟鞋，却没了往昔精致的妆容，略显憔悴。

“是你带他来的？为什么？我，明明那样对你……”千美瑶不懂，为什么她伤害过这个夏朵无数次，而她每次都会原谅自己。

“没关系，我不怪你。”夏朵勾了勾嘴角，眼睛里是金灿灿的光芒。

“你可以怪我的。因为这一次，你差点因为我就……出大事了。”千美瑶还是冰冷的声音，她不喜欢夏朵，为什么永远都是夏朵善良，而自己是丑陋的？

“你不是来过了吗？”夏朵明朗地说着，“我在医院的第一天，你就来过了吧？”

机场里有往来穿梭的旅客，人群之中，千美瑶望着眼前的这个夏朵，庞大的机场里，仿佛只有她们两个。

“夏朵，你是天使。”终于，千美瑶缓缓地笑了，“如果我是关慕，也会爱上你吧？”

那之后，千美瑶给了夏朵一个拥抱，她错了，从一开始就错了。

千美瑶也拥抱了关慕，并且伏在他耳畔低声说了两句什么，那之后，她挥手，道了再见。

半个小时后，关慕和夏朵的头顶掠过一架腾空而起的飞机。震耳的轰鸣之声，飞机载着千美瑶飞远了。

几天前，就在夏朵昏昏沉沉去医院的那天，她曾在中途醒过来一次。病房里隐隐有女人的哭声，还有浓艳的香气。

“我没想过你会这样，没想过你会晕倒。没想过，他会自残。我只是太想到他的身边了。我只是太嫉妒你了……”

那天，千美瑶一直在医院待到很晚，一直默默地懊悔着。

也正是千美瑶的懊悔，让夏朵心软，想要在她临走前，让她再见见关慕。

夏朵和关慕从机场出来，外面居然下起了小雪，绵绵软软地打在关慕的手心里，他一直失神，一路上一句话没有说，他送夏朵回福利院之后一个人失魂落魄地坐在跑车里，听着小雪花打着车窗发出轻柔的声响。

他不会忘记，不会忘记千美瑶在离开前，伏在他耳畔说的那两句话，一切都颠覆了。

“阿慕，对不起，那幅画是我画的，你不知道吧？我一直很擅长油画。”

"阿慕，对不起，我爱过你，用最卑劣的方式。"

他竟然那样误会了她，竟然企图带着她卷入冰冷的海水，他竟然没给过她一次解释的机会。

那样冰冷的海边，他竟然那么狠心地丢下她，居然那么狠心地看着她蜷缩成一团地呜咽着，却不为所动。

他居然那么轻易地相信了千美瑶的话，相信了那幅画出自楚一凡的手，相信了那画背后所有肮脏卑劣的谎言。

他的心比先前更痛，抽紧的心让关慕恨不得将自己捏碎，他为什么又这样了？爱她还来不及，为什么居然又伤害了她。

已近午夜，夏朵再次披着衣服走出来，站在福利院外花坛边，像是摸索着朝他走来。

他飞奔下车，奔向她。

雪花飘荡着，在路灯昏黄的光晕里。

秋叶已经离了枝干，可他却不能离了她。

就像影子一样，他总会与她随行。

撞入他的怀抱，夏朵又惊又喜，低头呢喃着说："听到发动机的声音，就知道你还在，星儿的画，让我转交给你。"

"夏朵，你不要原谅我，我太坏了。"关慕毫无来由地收紧臂膀，恨不得把所有的飘雪都为她挡住。

细密的雪花打湿了他大半个脊背。

风轻轻地吹来，树枝上的一层层白雪悄然落下。

路灯下，有一对交织在一起的影子。

“不管你做错什么，我永远都会原谅你，傻瓜关慕。”

他的手臂抱着夏朵纤弱的腰身，在漫天飞舞的小雪里，他埋头于她的脖颈里，她轻抚他粗硬的发。

“我好想，好想，让你看看我的样子。”关慕握住她的手指，置于微凉的唇畔，“让你看看我是怎样的相貌，让你看着我看你的样子。”

“唔。”

“可是我又好怕，怕你会不喜欢我的样子。怕你看到我不好的样子，我怎么能这么坏？而你又怎么这样好呢？永远都这样好，像天使。”

“我才不是天使。”夏朵软绵绵地笑着，“你才是，是守护我的天使。”

第十章
属于他们的家

夏朵照常回慕汐上课，有一天的夜里，夏朵做了个梦，她梦到关慕一直在哭，浑身是血。她在梦里还清楚地知道，自己应该是看不到的啊，可那个模糊的影子却分明是关慕。

在梦里，夏朵一直想要到他那里去，却怎么也走不到，他和她永远保持着相对的距离，夏朵只能这样遥遥地看着他哭泣，看着他流血。

最后，她是从梦里哭醒的，夏朵醒来才发现枕巾湿了一大片，闹钟就在枕畔，滴滴答答，有规律地走着，萍萍的鼾声还在，夏朵才放心，原来一切都是梦。

自从那次关慕在海边丢下她独自离开之后，夏朵就变得敏感且患得患失。侧卧在床上，夏朵触摸着那件毛衫，陷入沉思。

第二天，关慕看到红着眼睛的夏朵，第一时间就心疼地询问。

“你怎么了？眼睛红得像兔子眼。”关慕忽地又想起什么，“又有人欺负你了吗？”

夏朵连连摆手，“没有，没有人欺负我，是我自己弄的。”

在关慕一再的逼问下，夏朵才如实招来，把昨晚的梦境和她哭醒的事情一一说了。

关慕很受感动，刮着她的鼻梁，洁白的肌肤上被冻出淡淡的粉色。

“你这个傻瓜，梦都是反的。”

只是看着她委委屈屈地撇着嘴，关慕还是忍不住要心疼，把她抱住，轻轻地吻了她光滑饱满的额头。

关慕和夏朵很幸福，这幸福是难以掩盖的，就连老师们都渐渐发现关慕的不一样了。

他再也不会欺负同学，也变得有礼貌尊重师长，终于有一天，关慕的变化被一直疏于对他关怀的关睿宇发现了。

在浮水路别墅的餐厅里，戴美子和关慕分左右坐在关睿宇两侧。关家的饭桌上，从来都是安静得让人毫无食欲。

关睿宇难得开口。

“我和你们校长通过电话。听说你在学校交了女朋友?”关睿宇说着，却丝毫没有抬头，对他唯一的儿子关慕，他几乎不会给予正眼。

“是。”关慕点头轻声说。

在关宅，父子之间更像是上级与下属的关系，一个发号施令，一个俯首从命，一个高高在上，一个永远是卑微到尘埃里。

宽大的餐桌上欧式瓷器闪耀着美丽的光芒，精致的水晶杯摇曳着鲜红的颜色，偶尔有筷子触碰碗碟的声音，那也是极轻的。

坐在关慕对面的戴美子一直低垂着眼睛，仿佛她对面坐的继子不过跟空气一样，几乎不存在，她根本不会介入他们父子的对话，更不会有一丝一毫的关心。其实从心底里，戴美子巴不得关慕消失掉才好。

关睿宇吃过饭，抿着唇角的酱汁，凉薄的眼神瞄过身旁同样冰冷的儿子，他就仿佛对着一面镜子一样。

人都说，子女是父母的一面镜子。他们父子就是如此，那样的相像，甚至连性格也是出奇地一样。

关睿宇讨厌这个儿子，从心底里讨厌，有的时候他会怀疑，他之所以这样讨厌着关慕，是不是也说明，他真正厌恶的，其实是他自己呢？

“你真是越来越不懂事了。尽快处理掉。”关睿宇忽地扔掉餐巾，站起身，仍旧是那副厌弃的样子，仿佛关慕是这世上最令他讨厌的所在，就连关慕的爱情也一并嫌弃。

没有理由，没有说明，没有劝导，只是一味地命令和吩咐。

从前，关慕绝不会和关睿宇对抗，因为他觉得自己没有这样的权利，他是 Bad boy。为了 6 岁那年雨夜里的交通事故，关慕足足忏悔了十余年，永远活在自责和歉疚里，让他早早地就失去了与关睿宇对话的权利。

但是，这一次不一样，这是关慕十几年来第一次觉得那样接近幸福，他不想错过，不想永远陷在黑暗逼仄的人生泥沼里。

“不可能。我……不会放弃她。”

关慕还是有些怯懦的，当父亲冰冷挺拔的脊背蓦然怔住的时候，关慕的心里还是颤抖了一下。

“你这是在反抗我吗？”关睿宇尖锐犀利的眸子缓缓移到关慕脸上，他那眼角上的疤痕平添了关睿宇的怒火，气氛那样焦灼。

戴美子仍旧稳稳地坐在她的位置上，气定神闲地夹起青菜缓缓地放入口中，她淡淡地注视着关慕，总是一种疏离的样子，总是置身事外。

“就一次不行吗？爸，就这一次，不行吗？我想幸福，我也想幸福一次。”

关慕的声音极其卑微，他甚至恨不得把心挖出来给父亲看一看，让他看看自己这颗心已经有多么残破了，让他看看，自己到底是多需要这份爱。

“幸福?”关睿宇轻挑眉梢，他的目光里是关慕那双眼睛，那双渴望幸福的眼睛，和当年的自己一样，是那么渴望着爱，渴望着温暖和关爱。

幸福？那他关睿宇的幸福呢？早就葬送了，在那个雨夜，在他怀里的女人死去的那一分钟里，一切都随着她的离去消失了。

关睿宇每一次想起慕汐，都会多一分对关慕的厌恶。他相信若是慕汐还在，关慕应该是他挚爱的儿子，可一切都在那个雨夜之后改变了。

“那我的幸福呢？你想得到幸福??”关睿宇似笑非笑地摇头，喷出淡淡的酒气。

关慕怔住了，这么多年来，父亲对自己的惩罚几乎到了折磨的地步，这难道还不够吗?

“天底下，竟然有你这样的父亲？不希望自己的儿子得到幸福?”关慕屏住一口气，强硬地咬住唇角，耿直了脖颈。

无论怎样，这一次，他都不准备退缩。

关睿宇扯了扯领口，凉薄的唇角弯成一个弧度，继而挥起手掌，全力打了下去，落在关慕的脸颊上。

老管家上前阻拦，戴美子也假惺惺的拉住关睿宇。

“不出所料。”关慕也勾了勾嘴角，用拇指抹去唇边的鲜血，那腥涩的味道，他从不陌生，时至今日，他已经不记得关睿宇像这样打过他多少次了。

“你敢这么对我说话？”关睿宇被愤怒冲昏了头脑。

“本来不敢，可现在我敢。为了她，我什么都敢。”关慕第一次灿烂地笑着转身，嘴角还挂着淡淡的血迹，却兴奋地跑出去。

老管家是第一次见他这样，每次被关睿宇打后，关慕都会抑郁很久，总会那样地失望和悲伤。可这一次却不一样，他竟是笑着离开的。

在初冬寒冷的夜色里，关慕是一路走着去福利院的，从浮水路一直要走3个小时，才能到福利院，他却觉得时间过得好快，一点也不觉疲惫。

他在路上想了很多，把所有最坏的结果都想到了。

他想，不管多坏的结果，只要想着能和夏朵一起面对，都是那么幸福和甜蜜。

关慕想，关睿宇首先会切断自己的经济来源吧？如果那样的话，他就可以出去打工赚钱，然后自己赚钱来养活夏朵。

或者，关睿宇会把夏朵赶出慕汐吧？不过这样更好，他就可以和夏朵结婚，反正夏朵已经到了法定的结婚年龄。

关慕还想到关睿宇也许会把自己软禁起来，不过那也很刺激，就像现在一样，他逃出关宅，然后趁着夜色，孑然一身地去找夏朵，带着她一路私奔。

关慕这样想着的时候，竟觉得一点也不可怕，反而还充满了刺激和期盼。他打定了主意，反正无论如何，他也不会和夏朵分开，这样一想，他觉得自己像是从一间小黑屋子里突然被释放出来的囚犯，重见了光明，重新回到了这个世界上一样。

不知不觉，他已经站在福利院外，夏朵披着衣服走出来。

“怎么回事？怎么这么晚还来？”

已经10点多了，关慕这个时候不是该在浮水路的别墅吗？

“没什么。我就是想你了。”关慕的声音那样高兴，他拉着夏朵的手，央求着，“我可不可以住在这里，去和院长说说。今晚，我不想回去了。”

他的手好冷，而且从刚开始，夏朵就没有听到汽车发动机的声音。

“你没开车？”

“唔，在附近和朋友聚餐，就没开车。”关慕还是兴奋地难以自抑，“好冷，快让我进去吧。”

第二天，关慕陪夏朵上自习的时候，老管家来找过他。从门外回来之后，关慕整个人的氛围就不太对劲。

夏朵问他，他只是说没事。

那天，关慕的手机响了好几次，可他都没有接听。夏朵渐渐觉得不安，氛围变得有些诡异，可关慕还是揉着她的头发，叫她安心上自习。

关慕送夏朵回宿舍，在宿舍楼下，关慕买了热热的烤红薯塞给夏朵。

“回到宿舍吃，晚上我看你吃得很少。”关慕怜惜地摸着她的嘴唇，“你的嘴唇都干了，复习也要适可而止。”

“你是不是有什么事？今天，是谁给你打电话？”夏朵心里打着鼓，不知道为什么，从他前一天漏液去福利院开始，夏朵就觉得心里惴惴不安。

“没事。我能有什么事？快上去吧，红薯要趁热吃。”关慕捧起她的脸，冰凉的嘴唇吻上了她的额头，“知道我多爱你吧？”

心跳加快，夏朵瞬间就觉得浑身都暖洋洋起来，她红着脸，点点头。

“唔，你先走吧，我看着你上楼，之后我就走了。”他推了推夏朵，手机再次振动着。

目送着夏朵离开，关慕才一个人走入夜色里。

他还是难过了，因为他从没预想到，关睿宇会做出这样的决定。

老管家今天来找关慕就是为了赶来告诉他。昨晚他走后，关睿宇很生气，戴美子鼓动关睿宇分家，一气之下，关睿宇打定了分家的主意。

这一天之中不断打来的电话，有戴美子打来的，也有关睿宇打来的，也有慕青萍打来的。

父亲应该是会很生气吧，毕竟一个离家出走的孩子应该是很让家长发狂的。可是，仅仅因为生气，就要分家吗?

父亲原来竟是可以随时放弃他的啊，原来，他在不知不觉之间，就要被父亲抛弃了……

夜很冷，冷得关慕的心都在抽搐。

他一个人走回家，偌大的家里，竟没有一个人询问他到底这一天一夜去了哪里。关睿宇坐在关慕的卧室里，他面前放着那瓶幽暗绿色的玻璃瓶。

“从明天起，你就搬去南区的那套洋房里住。”没有一句问候和关怀，关睿宇直接把关慕那颗本来还有一丝希望的心打入谷底。

南区的那套洋房很偏，离着浮水路四十几公里，这是要把关慕丢到那里去，任他自生自灭了吗？从此，他就再也回不到这里了吧？

"我是您的儿子吗?"关慕痛呼着。

"你说呢?"关睿宇回眸，锐利的眼神扫过他。

"您可以把自己的孩子当垃圾一样随便丢出去吗?"关慕惨白的嘴唇在灯光下颤抖着，"怎么能那么……那么轻易地……就把我抛开!!"

关慕渐渐地哽咽了，他眼前的光影碎成五彩缤纷的晶莹，他委屈极了。

可他竟没有想到，关睿宇会依旧那么镇定地看着他，还是那么厌弃和憎恶的神情。

"如果你不是我的儿子，我早就恨死你了，恨不得你……去……死!"最后的一个字，是从关睿宇的牙齿缝里蹦出来的。

关慕眼前原本窜动的晶莹在那一刻都静止了，他彻底绝望了，他知道父亲不爱他，知道父亲讨厌他，知道父亲不会原谅他，可是他从没想过，一次也没有想过……

父亲竟然那么、那么的恨着自己?恨不得自己，去死!

"难道，您就真的那么恨我吗?"关慕的嘴唇微张，颤抖的指尖狠狠地刺在掌心上。

"是!"

关睿宇回身，他再也不看向关慕。

身后是关慕艰难的抽泣声，他的儿子，在他的身后嘶吼着，

“我不会走！不会离开这里，这是我妈住过的地方，是我的家！！你没权利……”

“啪！”

关睿宇已经回身快步走回关慕面前，同时两个巴掌甩过去。接着是雨点般落下的一次又一次的耳光。

被打得红肿的脸，勾勒着惨淡苦涩的笑。

没关系，只是挨打而已。

这样的疼痛比起被抛弃，根本微不足道。

夜晚寂静得让人害怕，就连小猫小狗都有自己的家人，可他竟一直这样地孤独。

下过雪，关宅里一片素白，关慕想起了那年母亲离去，这里也是这样素白的一片。外婆哭得几乎崩溃，关睿宇整个人像没有了灵魂一样，母亲的照片也被洁白的纱幔围绕着。

小小的关慕不懂得死亡的意思，他只知道哭，因为他觉得别人都在哭，而他也要哭。他真正懂得死亡，是在他看到母亲那张惨白安静的脸时，他大哭大闹着要去拥抱母亲。

到那时，他才懂，原来所谓死亡，就是永远地失去……

那段日子，小小的关慕成夜成夜地哭闹，以前家人总不舍得他哭一声。只要他哭，爸妈就会满足他的需要。可那段日子里，外婆没有再抱他，父亲也没有理过他。

他是个坏孩子，是他害死了妈妈。

这样的想法随着年龄的增长，被深深地刻在关慕的心头，那是一生也抹不去的记忆，他将背负着这样的自责过着以后的日子。

手机振动的声音，把关慕拉回了现实里，屏幕上赫然跳跃着“天使”这两个字。

“唔。”关慕接起电话。

“你还好吧？有点担心你。”夏朵的声音很低。

“不太好。”关慕艰难地说出3个字，泪已成行。

“怎么了？”她关切极了，关于所爱的人，人们总是保持着最强烈的第六感，就像今晚，夏朵总是觉得不安，她担心关慕，担心到无法入睡。

电话那头的关慕一直沉默。

“慕，怎么了？”夏朵焦急的声音在微微发着抖。

“没什么，就是有点想你。”

想念她，因为他第一次觉得可以在悲伤孤寂的时候不止想念母亲，他还可以想念她。最重要的是，这种想念可以在听着她的声音时得到些许的寄托。

“唔，明天就见了。”夏朵在电话这头轻轻地说着，不知道怎么的，她却笑不出来，“慕，你在哭吗？”

“没有。”他只说两个字，唯恐说多了让她听到自己的抽泣声。

“慕，别难过，你还有我。”

“唔。”他终是一个字也说不下去了。

那样的冬季夜晚，那样火辣辣的脸颊，关慕却觉得没有那么糟糕，至少他还有她，至少，他还留在母亲住过的这栋房子里。

眼看大三过半了，韩飞被一所高校看中了，要定向培养，说是读完大三第一学期就要直接去那所学校上学了。

付萍萍也找了实习的地方，过了寒假，她也去实习了。

夏朵忽然觉得一下子空落落的。

“昊东学长和安琪出国了，千美瑶也出国了。韩飞要去别的城市读书了，萍萍要实习，以后在宿舍的时间会很少了吧。”夏朵落寞地低着头。

“人和人总要分开的。”关慕慨叹了一句。

“才和大家那么要好，就要分开了。”她长长地叹了一口气，“你也会和我分开吗？”

“你说呢？”他坐在她的身边，他的影子把她的身形全部笼罩了。

“不知道，如果你要出国读书，或者有更好的出路，我不能做你的牵绊。”

“傻瓜。”在冬日的太阳光里，他揽过她的肩膀，“没有你，我哪也不去。”

他知道，因为朋友们纷纷离开，她觉得孤单和悲伤。

后湖边的树林被风吹得发出窸窣的声响，他用外套裹了裹她娇小的身体，她亦是乖乖地往里挪了挪身体。

“等毕业，我们就结婚。”他笑吟吟地说着，看着湖面上偶尔荡开的涟漪。

“我们会有属于我们自己的家，也许不会太大。”关慕又说。

“我会努力地赚钱，你要负责煮饭。”

“冬天，外面下着鹅毛大雪，我们家的窗子上有一层厚厚的雾气，我们家暖得像是春天，就在温暖的家里，我们靠在一起。”

“我每天会在清晨吻你熟睡的脸，跟你说再见，再去上班。”

“偶尔，我也会休息，休息日的午后，我会打游戏，你会坐在地板上或者沙发上赤着脚听歌。”

“哦，对了，我还会赚很多很多钱，然后把你的眼睛治好。我会带你去找那个人，然后替你揍他一顿。”

“每年的 6 月 30 日，我们会一起带着鲜花，我们先去看望你的父母，然后再一起去看我的母亲。我从来没有去看过她，这下好了，有你陪着我。”

夏朵静静地听着，偎在他温暖的怀抱里，听着他对未来的畅想。渐渐的，她觉得自己也开始微醺，醉在他描述的那一幅幅美好的画面里。

夏朵坚信，关慕一定是上苍赐予她的礼物，让他来拯救夏朵的苦难，让他带给夏朵希望和全部的幸福。

他们的幸福那样平淡，每天，他们都只想着守护那份幸福，一直这样下去。

自从关睿宇打了关慕之后，关慕就开始早出晚归。他像是刻意回避着关睿宇，因为几乎没有碰面的机会，他们再没有发生争执。

就这样，日子一天天简单幸福地过去，元旦悄然来临。

关慕知道这可能是夏朵和朋友们过的最后一个元旦了，也许过了这个元旦，大家都各奔东西，再想聚在一起就不那么容易了。于是关慕想到要办一个派对。

每年的元旦，关睿宇都会和戴美子出去旅游，今年也不例外，那么关宅无疑成了最好的派对场所。

于是关慕决定在浮水路的别墅里，为夏朵举办这个元旦派对，这是属于她的派对，所以关慕把邀请的名单也特别做了改动，都是夏朵平时的好朋友，例如韩飞和付萍萍。

关慕又想起来夏朵不喜欢太嘈杂，于是把名单里的人精简了一遍，最后只有 11 个人。

元旦节那天，关睿宇一早就和戴美子出门了。可能是天不亮的时候就走了，反正连招呼也没有打。

不过关慕今年并不在意，他不在意自己被丢下一个人独守着这栋大房子，看着别人家万家灯火团圆夜。

今年，他一点也不在意。

因为今年，他再也不是一个人过新年了。

早早地起来，关慕亲自开车去福利院接了夏朵，路上带她买了新的衣服，还是白色的连衣裙。

关慕不喜欢夏朵穿别的颜色，好像只有白色这样洁白无瑕的色调才配得上夏朵。

回浮水路别墅的时候，朋友们已经到得差不多了。宽大的红木餐桌上摆放着各式的冷饮和点心，气派的水晶灯、高雅的音乐，还有美丽的鲜花。

全家的佣人都特别高兴，因为关宅好久没这么热闹过了。

这些可爱的学生笑得天真烂漫，没有做作的举止，也没有虚伪的寒暄。

大家在一起说说笑笑，氛围好得不得了。

付萍萍喝了几口酒，就飘飘忽忽地攀着关慕的肩膀称兄道弟。关慕黑着一张脸，随时都在爆发的边缘，让在一旁看着的金铭都忍俊不禁。

最后，萍萍喝多了，她红着眼圈对关慕说：“你要好好对我的夏朵，我，我把她交给你了。”

那气氛，大有托付女儿终身的意思。

“我们夏朵太善良了，你可不能欺负她。不能再让她伤心了。”付萍萍哭着，又抱着夏朵，她是多喜欢这个单纯美丽的夏朵，她一直以夏朵为傲，从夏朵来到慕汐的那天起，她们就是无话不说的朋友。

“我答应你。”关慕郑重地和萍萍碰杯。

就在所有人都开心地笑着，就在韩飞和夏朵抱头流泪的时候，关宅的大门被推开了。一个男人冰冷地站在门口，环视着四周，不怒自威。

是关睿宇。

关慕没想过关睿宇会这么早回来，通常情况下，父亲都会在外过元旦。

“爸。”关慕的声音刹那间变得有些畏惧，他站起身，怔怔地望着门口面色阴沉的关睿宇。

“伯父。”所有人里，只有金铭认识关睿宇，他对关睿宇也是心生畏惧的，所以赶紧站起身，慌忙地问好。

大家见关慕和金铭这样，氛围一时间紧张起来，韩飞扶着夏朵站起来，气氛骤然降到了冰点。

关睿宇扫视着这些年轻稚嫩的面孔，除了金铭，他们都衣着普通。最后，他注意到那个一身白衣的女孩。

关睿宇想起来了，她就是那个在舞蹈大赛上，跳着《潮汐》舞的女孩。关睿宇记得她，因为慕青萍曾说过，关慕特别关照着她。慕汐校长也说过，关慕交了女朋友。

一定是她。

关睿宇冷冷地望着关慕，旁若无人地问道："你在干什么？"

"我们在办派对。"关慕很恭敬地回答，每一个字都事先在心里斟酌过了。

"谁允许你这样做了？"关睿宇高高在上的语气，让所有人都屏住了呼吸。

"爸，他们都是我的朋友，我请他们到家里来坐坐的。"关慕还想解释。

"我们家，不需要什么随随便便的朋友。老管家，送客！"关睿宇丢下外套，冷冰冰地扫过关慕的脸。

此刻，关慕的脸通红。

"你，就是夏朵吗？"关睿宇居然绕过关慕，径直走向夏朵，他冷冷地注视着她，语气里满是鄙夷。

"我是。"夏朵温柔地回答。

“你是个很聪明的女孩，很有心机。”关睿宇冷笑着缓缓开口，才一句话，就已经这样难听了。

“爸……”关慕才想阻拦。

“可是，我请你记住，我的儿子，永远不会娶一个残障人士。所以，请你不要继续纠缠他了。”关睿宇不客气地说着。

那一刻，所有人都看到夏朵孱弱的肩膀晃动了一下，她就这样软弱地低着头，站在关睿宇的面前，像是做错了事的孩子，极尽卑微。

“对不起，我知道自己配不上他。可是，我真的很爱他。”夏朵鼓起勇气，她闷头这样说着，声音虽然不高，可每个字都掷地有声，她极其地坚决。

“爱他？还是爱他背后的关家？说白了一点，还是爱钱？”关睿宇又冷冷地说，“我知道你是孤儿，我们关氏抚养了你，并且特别送你到慕汐学舞蹈。做人不能太贪心。”

“伯父？您怎么会这样想我？”夏朵的眼圈已经开始发红。

“你们这样的女孩，我见得多了，想通过所谓的爱情来改变命运，不是吗？这里不欢迎你，请你立刻走。以后也不要再见关慕了。”关睿宇说完就猛地转身，即使那个瘦弱的夏朵已经忍不住泪水。

关睿宇才走出几步，身后就传来了关慕的声音。

“通过爱情来改变命运？您是在说自己吗？”关慕第一次在关睿宇的面前扬起倨傲的下巴，“当初不也是靠着爱情，才改变了您的命运和关氏的命运吗？不是外公的扶持，哪来今天的关氏？”

在这么多人的面前，关慕居然敢这样对关睿宇说话，他明明知道，凡是涉及母亲的事情，都是关睿宇的死穴，可他还是这样说了。

“不要自己是这样的，就以为别人都和您一样！”

“啪！”

果然，父亲大人还是动气了，一个力道十足的巴掌落在关慕的脸上，火辣辣地疼痛。所有人都震惊了。

“说话注意点！”关睿宇打完关慕，丢下一句冰冷的警告，就转身离开了。

剩下关慕一个人无奈地笑，苦涩地揉着嘴角。

没关系，只是挨打而已。

第十一章
绝不能丢了你

寂静的夜，关慕送夏朵回福利院。不知不觉，关慕竟然把车子开到了沿海路，最后索性就把车子停在了沙滩上。

“怎么又到这里来了？”夏朵能听见外面海浪翻卷的声音，她知道关慕有心事。

或许，他要和自己说再见，或许，他要和自己摊牌。夏朵把心提了起来。

其实，她从来就不敢奢望能和关慕结婚，虽然她也曾那么那么地向往过。

“没什么，过来散散心。”关慕停了车子，熄灭了发动机，靠在座椅上，长长地舒了一口气。

“还疼吗?”夏朵的声音那样微弱，如果不仔细听，那声音就会迅速淹没在海浪翻卷的声响里。

“这不算什么。”关慕苦涩地笑着。

夏朵还是从关慕的话里听出了端倪，“伯父经常像这样打你吗?”

关慕不再说话，他尽量不去看夏朵，把头扭到了另一边。他唯恐对上夏朵清澈的眼眸，唯恐在她的瞳孔里看到现在的自己。

天空高远，海面上亦是暗沉沉的黑色，纵然有璀璨的星光，却也不能照亮全部的天空。

“夏朵，你就像是这苍穹里的一颗星星。”关慕点燃了一支烟，他用力地吸了一口，才缓缓地开口。

其实，有很长的一段时间，关慕都不再吸烟了，夏朵特别注意过，那薄荷微凉里很久很久没有过烟草的味道了。

今天的关慕和往日不一样，夏朵并不想去劝阻他，她知道，今天的事他其实在乎极了。

“星星?”夏朵微蹙着眉头缓缓地问。

“是啊，你像是星星，而我就是暗沉漆黑的天。虽然一颗星光不足以照亮黑夜的全部天际，可却仍旧能照亮天空里的一小片。只要有这一小片也就够了。有这一小片，我就感觉能挨到天明的时候。”关慕吸了吸鼻子。

夏朵想了想，“其实，伯父应该还是爱你的。”

关慕抽了抽嘴角，“你不必安慰我，我早就习惯了。”

他不想自己变得太可怜，至少在这一刻，在她的面前，他希望自己是可以被她依靠的男人。

冬季的夜晚，车窗外的风渐渐停了，海浪的声音也越来越远，世界变得那样静谧。

夏朵摘掉绑着头发的皮筋，乌黑光亮的秀发滑落下来。随着头发散落，有淡淡的芳香飘了出来，那淡淡的香气很熟悉，让关慕突然觉得那样放松。

“我可以抱一抱你吗？”关慕有些不安，他怕夏朵会不高兴。

“嗯。”想不到，夏朵红着脸，点了点头。

关慕张开手臂，把夏朵柔软的肩膀抱在怀里。俯下头的时候，他把脸埋在夏朵的发丝里，贪恋着夏朵的味道。

“等我们毕业了，就马上结婚。”

关慕的声音听起来疲惫极了，毫无力气，他的呼吸也渐渐地微弱下来。

“慕，关于结婚的事情……我们……不要再提了。”夏朵低着头，在他的怀抱里柔柔地说了一句。

“你说什么?”关慕抱紧夏朵的手忽然一抖，他立即坐直了身体。

他慌忙拉住了她的手。

他的手很冷，她的手亦是很冷。

夏朵的眼圈红了，她抿着唇，低着头。

“怎么？你不爱我了吗?”关慕手指的力气猛然加大。

在夏朵默默低头不语的一分钟里，关慕终于体会到了什么叫做五脏六腑里翻江倒海的滋味了，他的手掌里有一层湿腻腻的汗。

他害怕，害怕夏朵真的不要他了，如果那样，他该怎么办?离开夏朵的每一分钟都将是使他痛不欲生的。

“当然不是。”夏朵颤抖着睫毛，盈盈的泪花在眼圈里来回地转动。

“那是为了什么?”

“其实，我觉得伯父说得很对，我们可能真的不太合适。”

夏朵抽回自己的手，沉痛的目光一点点移开。

“是因为我父亲的话?”关慕沉痛地收紧了瞳孔，那道疤痕微微伸展开，“他的话，伤害到了你，对吧?”

“不是的。我只是觉得，他的话其实很有道理。”夏朵苦涩地笑着，“其实，一直我都觉得离你好远，你的世界，我根本无法进入，我只能停留在我的世界里，遥遥地看着你。所以，我们……”

“那我去就是了，你就站在你的世界里，我去找你就是了！”关慕慌忙打断了她的话，他不想再听下去了。

“有些事情，是怎么努力也做不到的吧？就像我的眼睛……无论我多努力……连看一看你的样子，不是都做不到吗？”月色透过车窗，一点点洒落，洒在她悲痛的脸上。

“所以，你是决定要和我分手了吗？”关慕忽然就冰冷冷地说着，松开了握着夏朵肩膀的手指。

“嗯。”

“纵然我会心痛得无法活下去，你的决定也不变吗？”

“嗯。”

“纵然离开我，纵然我们再也不会见面，你也不在乎了吗？”他薄薄的嘴唇被月光照成冰冷的灰色。

“……”

“到底要怎么样才能让你改变主意？”关慕语气里带着薄怒，他说：“如果你非要离开我，那我就去死！”

他忽然扯开车门，海风灌进车子里，夏朵冷得浑身打着哆嗦，关慕的声音越来越微弱，夏朵只听到他激动地说了几句。

“那我现在就去死！我真的受够了！”

夏朵知道关慕的脾气，他极容易冲动，就像上次，他不就差点把车子开进大海里吗？

也许是一直过得太压抑了，他就像是一个随时可能会爆掉的气球，随时随地都在崩溃的临界点。

夏朵害怕极了，因为她看不到。在这样漫长宽阔的海岸线上，他们走出那辆汽车，夏朵根本无法找到关慕。如果他真的跳入大海里，她该怎么办？

“关慕！你在哪儿？”

“我求求你，别吓我！”

夏朵后悔极了，她明明知道关慕是这么容易冲动的性格，又明明知道他是那么深爱着自己，为什么还说出这样的话来伤害他呢？

夏朵趟着沙滩上细小的沙石，一路摸索着，她哭着、哀求着。

直到她撞入他温暖宽厚的怀抱里。

夏朵发了疯似的拍打他的胸膛，第一次那么放肆地大哭着。

“我还以为你出事了！我还以为你跳海了！你知不知道，你把我吓死了！！”

“对不起，我不该吓唬你。”关慕抱着夏朵，“可是我着急啊，我想不出还有什么法子能让你改变主意。我知道你在乎我，就知道你不舍得离开我。对吗？”

夏朵还是哭，她想把今天所有的不愉快都哭出来，把那颗沉重的心腾空。

“别胡思乱想了。我爱你，我们会永远在一起，谁也阻拦不了。”关慕把夏朵小小的头按在自己的胸口。

夏朵的右耳恰好可以听见他的心跳，那么强烈的跳动声。

那天，在海边，关慕搂着夏朵，他吻过她的头顶，又缓缓地亲吻了她的脖颈，温热的唇贴在她的肌肤上，夏朵感觉自己的耳根都在着火一样的灼热。

同样的大海，同样寒寂的夜晚，只是身边多了一个他，竟变得这样温暖和踏实。

在寒假来临之前，关慕还是自由的。他每天都一如往昔地拉着夏朵吃饭，一如往昔地陪她上自习，一如往昔地看着她在舞蹈教室里练舞，一如往昔地牵着她的手漫步在慕汐的每个角落。

虽然很幸福，不过夏朵还是会隐隐地有些担心。

“慕，伯父真的没再骂过你？没再反对吗？”夏朵经常这样问。

“没有，没有。我已经说了 99 次了。”关慕慵懒地靠着暖气说。

“真的?”虽然关慕总是否认，可夏朵还总是半信半疑。

“真的！你这个丫头还真是啰嗦啊!”关慕转了个身，歪着头又看窗外，“我早就跟你说过，我爸他根本就懒得管我的。”

窗外的松树摇摆着，金色的阳光洒在他的脸上。

寒假又来临了，萍萍和韩飞今年提前回老家，所以到放假的前一天，宿舍里就只剩下夏朵孤零零的一个人。

关慕说通了宿管阿姨，进宿舍帮夏朵打扫卫生，然后帮夏朵收拾了一些衣服和书。

正午的阳光很暖，关慕见窗外飘了雪花，就扫了窗台上的雪团了个雪球，坏笑着对夏朵说：“把手伸出来，我有东西送你。”

夏朵果然乖乖地伸出手，关慕把雪球放在她的掌心，那么冷，冷得夏朵一瞬间心都缩成一团。

“下雪了?”夏朵捧着雪球，眨巴着眼睛兴奋地问。

“嗯。”关慕看着窗外，宿舍里很暖，窗户上有浅浅一层的雾气。她就站在自己身边，一同静默着伫立于窗前，像极了他设想中的那样，像极了他们未来的家。

夏朵甜甜地笑了，“还记得去年除夕吗?”

去年的除夕，是他第一次走进福利院，走进夏朵的世界里。去年的除夕，关慕一辈子也不会忘。

“怎么会不记得呢?”关慕抱住她，温柔地笑。

“今年的除夕，你还会来吗?”夏朵有点担忧，不知道为什么，她总有一种不好的预感，她总觉得关慕今年不会来了。

“傻瓜，当然会。”关慕刮了刮她的鼻子，却微蹙着眉头，看着窗外漫天的雪。

关慕送夏朵回福利院的时候已经过了晚饭的时间，他们就在福利院不远的一个小餐馆随便点了饺子吃。

热腾腾的饺子端上来，关慕的喉咙堵得根本咽不下东西，他掰开一次性的筷子，塞到夏朵的手里，“趁热吃。”

“嗯。”夏朵灿灿地笑着，“以前爸妈在的时候，总是在除夕给我包饺子吃，我最喜欢吃饺子了。”

关慕鼻子发酸，眼泪打着转，不过他强忍住了，“寒假里我不在你身边，也要好好吃饭，你知道吗?”

“唔。”夏朵美滋滋地咬着饺子皮，晶莹的面皮很有嚼劲，她竟没有听出关慕语气里的异样。

“不要一个人胡思乱想。假期很短，等开学了，我们再去郊游。”关慕看着她，眼泪还是不由自主地掉下来了，他赶紧低头吃东西，生怕夏朵发现。

“好啊，好啊。”夏朵用力地点头。

吃了饭，关慕送夏朵到福利院大门外，他拉着夏朵的手，在夏朵转身要离开的时候，他还紧紧地握着她的手，不忍松开。

“怎么了?”夏朵疑惑地问着。

“没什么，就是不舍得和你分开。”关慕拉过她，抱在怀里，低头吻了她的额头，“快进去吧。我会给你打电话的。”

夏朵甜蜜蜜地回宿舍，她觉得关慕实在太黏人了，短暂的分别也这么磨磨蹭蹭的，她在心里还笑话过他。

几天之后，夏朵就不再这么想了。关慕没有给她打电话，也没有给她发信息，更没有来找过她。

每次打关慕的手机都是关机的状态，夏朵开始不安起来。

夏朵害怕关慕又生病了，因为去年这个时候，关慕的抑郁症好像很严重。她想，难道关慕是发病了?越是这样想，她的心就整天像悬在半空中一样，没有一刻的安宁。

后来夏朵打电话给金铭，她想拜托金铭去看看关慕。可是金铭正好在海南过春节，但是他还是给了夏朵一颗定心丸，因为金铭告诉夏朵，关慕很好，只是最近家里有些事，所以不能来找她，叫她放心。

夏朵听了金铭的话，稍稍安心了一些。既然他很忙，那么应该等不忙的时候就会来找自己了吧?于是夏朵每天都等着、盼着。

她手机 24 小时开机，铃声调到最大，唯恐自己错过了关慕的电话。

可是，他还是没有打来电话。

除夕到了，夏朵从除夕的一早开始期盼，一直盼到了黄昏，可是，他的电话还是没有来。

他明明说过，说过他会来的啊。

夏朵忽然觉得金铭的话漏洞百出，即便关慕真的因为家事很忙，他也不至于忙到从放假到现在一通电话也没打来啊？就算不能打来，为什么要关机呢？

夏朵又开始瞎想，她这一次打给楚一凡。因为她曾经记得楚一凡说过，他今年会在关宅过除夕。

“夏朵？”楚一凡显然没想到能在除夕接到夏朵的电话。

“是我。”她侧耳倾听，电话那头很安静，没有关慕的声音，“阿慕他……和你在一起吗？”

“哦哦，你问他啊，他不和我在一起，不是放假了吗？我们都回家了。我回来打给你，我们家在聚会，先挂了。”楚一凡在电话那头三言两语就将电话挂断了。

虽然楚一凡胡言乱语了一堆，但敏感的她还是听懂了一点。那就是，楚一凡就在关家，而她最担心的事情还是发生了。

这十几天里，关慕就像是人间蒸发了一样，一通电话也没有，更没有来见过自己。夏朵知道，只有一种可能，那就是关睿宇极其坚决地反对，不许他们再来往了。

夏朵明白关慕此刻的处境，她一面觉得这样很好，至少关慕不会为了自己和家里吵架，也不会挨打。可另一面，夏朵又很难过，她的心都在滴血。

也许，他已经妥协了。经过一个假期，拗不过父亲的阻拦，他就这样妥协了吧？

因为见不到，也不知道他的近况，夏朵开始猜测，不管是哪种情况，夏朵都觉得心好痛，是那种用尖刀一寸寸剜着心尖肉似的疼痛。

除夕夜，吃过晚饭，夏朵和其他孩子们一起围坐着看春晚，院长也陪着他们。夏朵根本没有在意春晚的内容，因为她的思绪早就飘飘荡荡地去了浮水路，去到他的身边。

“夏朵，有人找。”

临近10点多的时候，老管家来找夏朵。

“夏朵姑娘，是阿慕让我来的。”老管家布满皱纹的脸上滑过心疼的神色，“这是他亲自包的饺子，让我送来，说是等于和你一起过除夕了。”

“……”夏朵鼻子微酸。

“他挺好的。不过先生不让他出门，也没收了电话。”老管家叹了口气，“他叫我转告你一句话。”

“嗯。”夏朵捧着那还热热的饭盒，早就流着眼泪说不出话了。

“他说，寒假很短，开学了，再带你去郊游。”

老管家说完就走了，夏朵在除夕夜的漫天烟花里哭了好久好久……

那炸开的烟花发出噼里啪啦的声响，填满了她的耳朵和大脑，夏朵孤单的影子投射在柏油马路上。

她想他，想得不可抑制，想得快要发疯了。

夏朵含着眼泪吃掉那些饺子，那饺子每一个晶莹的面皮都曾握在他的手心里，都带着他的温度，带着他的味道。

她更想他，想他的语气，想他的温暖，想他的薄荷味道。

过了 12 点，鞭炮声渐渐消失，夏朵一个人躺在床上，翻来覆去地睡不着。

不知道过了多久，电话响了，夏朵条件反射似的一下子就接听了。

对方没有说话，夏朵也沉默着。

过了很久，夏朵才颤抖着声音问：“是你吗？”

“嗯。”

在听到这个声音的时候，一颗心立刻放了下来。

是他的声音。

“生气了吧？”关慕在电话那头笑着问，“答应要陪你过除夕的，结果爽约了。”

“我怎么会生你的气呢？我不是说过吗？无论你做了什么，我都会原谅你的。”夏朵在暗示什么，“如果太累，就放弃吧。”

她听得出，听得出他语气里的疲惫。

“傻丫头，如果能轻易放弃，又怎么会和你开始呢？”他在电话那头继续笑着，“没事，只是暂时的。除了想你，其他的都很好。”

“骗人。”夏朵捂着嘴巴，不想让关慕听到她的哭声。

“上有政策，下有对策。我这不是借一凡的电话打给你了吗？放心吧，以后有话跟我说，就打给一凡。我已经买通他做我们的传话筒了。”关慕在电话那头又想了想说，“开学的时候要是瘦了，我可会惩罚你的。”

“嗯。”她哭着，又笑了。

“想我吗？”他一定是贴着话筒的，他的呼吸声都能听得那样清楚。

“想。”夏朵在这头柔柔地说了一个字。

“我也想你，哎……想把你变小，揣进我的口袋里，随身带着你。好在寒假很短，等开学了，我们再去郊游。”

有了关慕的消息，夏朵的心开始平静下来。不过是一个短暂的寒假而已，夏朵觉得没有什么大不了。

关慕说过，等寒假过了，他们还要再去郊游。这就像是一个目标一样，让夏朵的日子有了盼头。

过完了初五，夏朵就盼着过初十，过了初十就是十五了，等十五过了就该开学了。开学就好了，他们就能见面了。

初十那天，楚一凡来找夏朵，正好天气很好，楚一凡就提议出去走走，夏朵想打听关慕的事，也就很乐意地跟着他出去了。

柏油马路上偶尔呼啸着开过车辆，楚一凡贴心地走在夏朵的外侧，步调和她保持着一致。微风吹过，稀疏的树枝上有薄面一样的雪缓缓地落下，落在她洁白的毛衣上。

她瘦了，厚重的毛衣都掩盖不住那凸显的锁骨了，尖尖的下颏上肌肤紧绷绷的。这么瘦弱的身体，在萧瑟的寒风里顶风前行，让人心生怜爱。

“想问什么就问吧。”楚一凡温柔地开口了。

“他好吗？”夏朵尴尬地抬起头，第一句话就是问这个。

楚一凡受了关慕的委托，报喜不报忧，不过这个丫头焦虑不安的眼神，让他真是不忍心瞒她。

“唔，还行。”

还行，是很中性的词，不好也不坏。夏朵更不安了。

“伯父有打他吗？他的病没有发作吧？有按时吃饭吗？”夏朵

了解关慕的脾气，困在家里一个假期，他一定会发疯的，她怕极了，怕关慕会伤了他自己。

“没有，他都很好。”楚一凡想了一下又说，“你们，打算怎么办?”

“……”夏朵闷着头，顶着风走。

从和楚一凡的交谈里，夏朵多少了解到关家现在的状态，也听说了关睿宇的一些态度。听说，从元旦那天的派对之后，关睿宇并没有立即采取行动，甚至很长一段时间，对关慕都置之不理。

但在寒假前一周，关睿宇的态度忽然变得很坚决。那次，他们父子吵得很激烈。但这些，关慕都没有表现出来，夏朵也无从知道。

本来在寒假前关睿宇就不许关慕出门的，是关慕编了谎话，说要去学校亲自和夏朵说分手，不然他绝不会和夏朵分开。

关睿宇也退步了，给了关慕一周的时间。

寒假里，关睿宇害怕关慕和夏朵藕断丝连，就干脆禁止关慕一切和外界的联系，让他安安静静地在家里过假期。

“说实话，这么多年，我还是第一次看到舅舅对关慕这么上心。好像一夜之间，就很紧张关慕和你的恋情，而且紧张的程度和对关慕的看管度到了前所未有的地步。”楚一凡跟在夏朵身边，保持着和她一步的距离。

“也许伯父真的很讨厌我。”夏朵额头的发丝飘动着，她的目光里满是悲伤。

她竟不知道，在她无忧无虑地上着自习的时候，关慕心里装着这么多事情。她竟不知道他在假期前嘱咐她的那些话，原来是早早就预料到他可能无法在她的身边。

“他什么都不说，总是这样。”夏朵忧伤地蹙着眉头，他怎么就能什么都不说呢？至少也要让她知道啊。

“大概，他是想让你过得无忧无虑吧。”楚一凡拍了拍她的肩膀。

夏朵觉得楚一凡的话很对，她一直躲在关慕羽翼的保护下，过着无忧无虑的生活，一直享受着他带给自己的安全感和幸福，可她能为他做些什么呢？

于是，夏朵决定，她要勇敢地、要快快乐乐地站在慕汐，等着关慕回来。

这一次，该她为他做点什么了。

开学的第二天，关慕真的回学校了。他在舞蹈教室的门口等着她。就像从未分开过一样，拉着她的手，极自然地往艺苑路上走去。

“你还是瘦了。”关慕有点心疼她了，大大的手掌反复地揉着夏朵的小手，恨不得把她揉碎，与自己的躯体混合在一起，那样她就能变得到更强壮了吧。

夏朵默默地跟着他，他的手好凉，天气明明已经很暖和了，可他的手怎么还是这样凉？

“我想你。”才走到艺苑路，夏朵就猛地转身扎进他的怀里，她侧耳听着他的心跳，努力地吸着薄荷微凉的气息。

“傻丫头，我也是。”

关慕颤抖着声音，抱紧她，把她的额头吻了个遍，只是短暂的一个假期而已，他却觉得像过了一世纪那么漫长。

“我们怎么办？伯父很反对吧？”夏朵无力地靠着他的胸膛。

“没关系，转入地下进行就好了。”关慕笑了笑，“反正我快毕业了，等毕业了就可以工作了，到时候我们就结婚。”

“唔。我也可以帮你，我去教小朋友跳舞，也能赚钱。”夏朵努力地点点头。

关慕抱着她的时候就发现了，她的锁骨已经那么凸出了，看来这个寒假她一定也很辛苦，他说：“我不要你赚钱，不要你太辛苦。”

从那之后，关慕只在学校里和夏朵见面，但凡关慕回家，两个人就约定好谁也不和谁联系。

他们以为，这样一来，关睿宇一定不会发觉。恋情转为秘密进行之后，关慕和夏朵觉得反而更幸福了，他们很珍惜在一起的每一分、每一秒。

可惜的是，好景不长。关睿宇很快就听说关慕和夏朵还在秘密地交往，而且在慕汐的时候，两个人几乎形影不离。

于是，关睿宇前所未有地爆发了。

关睿宇夺走了关慕所有的信用卡，并拿走了关慕的车钥匙，没收了手机，并且不许关慕出门。

“到底为什么？”关慕没有哭，他仰着倨傲的下巴，怒吼着，打翻了房间里的一切陈设。

关睿宇也红了眼睛，他狠狠地揪住关慕的衣领，“因为我是你父亲！”

“父亲？”关慕冷声大笑，他的笑，令所有人都觉得毛骨悚然，“我从没见过哪一个父亲像你这样对待自己的儿子。”

关慕高大的身体早就超过关睿宇，他冷冷地看着自己的父亲，“哪个父亲会看着自己的儿子痛哭却从来都不为所动？哪个父亲会这么折磨自己的儿子？”

“那是对你的惩罚！”关睿宇咬紧牙关。

“是啊，惩罚得很好。”关慕冷冷地嚎叫，“我是不是应该把心剜出来给你看看，看看那颗心到底有多少伤疤？那些伤疤几乎都是您亲自造成的。”

“闭嘴!!”关睿宇也咆哮着。

“我求求您，就这一次，就放过我这一次吧。我想要幸福，我想要爱情。”关慕颀长的身躯弯曲成一团，他跪在关睿宇的脚下，痛哭着。

老管家和那些佣人都潸然泪下，比起任何人，他都更需要爱情的吧?

“你可以要爱情，随便什么人都可以，唯独她不行!”关睿宇推开关慕，甩下这样冷冰冰的话，一个人走掉了。

那之后，夏朵再次忽然失去了和关慕的联系。夏朵不安了两天，楚一凡又替关慕传了话，夏朵才放心一些。

不过这一次是漫长的等待，没有寒假，没有开学，没有期限。

听楚一凡说，关睿宇打算送关慕去国外读书，关慕坚决不肯，正在家里以绝食对抗。

夏朵又开始提心吊胆。

不过这次的等待并没有夏朵预想中的那么漫长。一天黄昏，关慕突然去夏朵的宿舍找她。

“我听说你家里的事了，你怎出来的?伯父放你出来的?”夏朵开心极了，拉着关慕的手，有一种心跳到喉头的感觉。

“我跟你说，你不要担心啊。”关慕有点兴奋。

“唔。”夏朵有点紧张。

“我离家出走了，这次是偷偷跑出来的。”关慕傻兮兮地笑着。

原来，关慕实在等不下去了，就在关睿宇不在家的时候，偷偷从二楼的窗户爬出来了。他身上只有一些现金，他从浮水路倒了三次公交车才来慕汐。

“那你吃饭了吗？”夏朵又问。

“没有。不过我不饿。我就过来看看你，一会儿还得回去。”关慕抱着夏朵，“我是来让你放心的，我不会出国，也不会去别的什么城市，我就在这里，一辈子守着你。”

开了春，槐树抽着芽，阳光穿过浅浅的嫩绿色的树叶洒在夏朵和关慕的身上。自从关睿宇发现他们的秘密恋情之后，关慕就变得不那么自由了。

即便在慕汐，他们也总是偷偷地约定在后湖见面，或者干脆隐匿在槐树林里。他们会背靠着背，一起仰着头沐浴着阳光，任凭春风柔柔地吹拂着他们的脸。

两个人像是约定好了一样，谁也不提那些不愉快的事，就像关慕常说的那样，走一步看一步吧。

“关慕。”夏朵轻轻唤着他的名字，他默不出声。

最近，他好像很疲惫，但不管怎样疲惫，他都不会告诉夏朵家里的情况。但从他每每都只能短短地陪她一会儿这一点上看，关家里的情况一定很不好。

关慕嗓子哑了，几乎不能发声。他的手心也那么烫，夏朵发觉关慕发烧了，她就责怪他不该生病还偷偷跑出来。

他却用滚热的唇吻了她的眼睛，说：“就因为病了，才更想见到你。”

那天，关慕拉着夏朵出去吃了热乎乎的水饺。他笑嘻嘻地对夏朵说：“等天彻底暖和了，我就带你去郊游。”

“都什么时候了，哪还有郊游的心情？”夏朵有些失落。

“一定要去，我答应你了的。”关慕笑着。

因为关慕反复提起，夏朵的心里就认定那是一个极其重要的约定，是属于他们彼此的约定，她总是盼望着天气快点暖和起来，好跟着关慕一起去南郊。

只不过让夏朵没想到的是，这一次的约定，竟然再也无法兑现……

有一天，夏朵照常去阶梯教室上课。可是那天的氛围很奇怪，大家都在窃窃私语着什么，夏朵敏锐的感觉让她即刻就发现了端倪。

于是，她就向其他同学打听。

可是，她听到的竟是关慕退学的消息。

她不敢相信，也不能相信。如果关慕退学了，那么她和他连最后的一点交集也将失去了。

那同学害怕夏朵不相信，大声儿地说明着，“是真的，那天好多同学都看到关慕来学校了，去了校长办公室呢。”

夏朵觉得这个同学的话不能让她相信，就算关慕真的去了校长办公室，也可能是因为其他的事情。比如，关睿宇要关慕转交东西给校长。毕竟慕汐是关氏集团投资的，关慕也是关家的人，他怎么会退学呢？

夏朵想了很多理由来否定那同学的话。诸如，关慕马上就要毕业了，没有理由这个时候退学啊。诸如，关慕即便要退学也会告诉自己一声的啊，没有理由连上次见面的时候什么都不说啊。

想着想着，夏朵就有些出神。

直到打了上课铃，古板的英语老师进了教室，按照惯例，拿出名单点名。

夏朵侧耳听着，从第一个人名开始，直到点完所有同学的名字，关慕的名字都没有出现。夏朵的心终于不可抑制地沉入了谷底。

没有点他的名字，那就意味着，他今后都不会来上课了，那就意味着，他真的退学了？

那节英语课，夏朵一个字也没有听见去，她胸腔里有一颗不安的心悬浮着，尽管她努力地按下它，可它还是不安地又跳起来。

下了课，夏朵去找楚一凡，她想听听楚一凡的说法，或许楚一凡会告诉她，这根本就是谣言，根本就是她多想了。

可令夏朵失望的是，楚一凡前所未有地沉默着。

“你说话啊，阿慕真的退学了吗？”夏朵快急哭了，她想知道关慕到底好不好，想知道他的想法。

如果关慕真的决定放弃，打算听从父亲的话出国读书，夏朵会忍着心痛祝福他，或者干脆这么等着他。

如果关慕是被家里胁迫的，打算和父亲对抗到底，那么夏朵愿意陪着他对抗下去，或者愿意和他一起离开慕汐。

“结果往往不是最可怕的，最可怕的是我根本得不到他的消息。”夏朵揪着自己的裙摆，站在楚一凡的对面，她的嘴唇更白了，上面还有一些清浅的白色齿痕。

“阿慕，可能不会回慕汐了，他退学了。”楚一凡不忍心看她着急下去，最终还是把实情告诉了她。

瘦弱的身体瞬间像是抽走了所有的气力，夏朵瘫坐在长椅上，眼睛里满是悲痛的神色。第一次，夏朵的心里有了某种不好的预感。

“这一次，我们可能真的走不下去了吧？”她的声音那样令人心碎，瘦弱的肩膀在阳光里轻轻地颤抖着。

楚一凡不知道该用什么样的话来安慰这个可怜悲伤的女孩，任何安慰的话，在此刻都显得那么微不足道。

于是，在那个万物复苏的暖暖春日的午后，楚一凡只是静静地坐在长椅上，默默地陪着她，看着她掉眼泪，看着春风吹动她的秀发，看着她凸显的锁骨此起彼伏。

楚一凡的陪伴对夏朵的悲痛来说于事无补，她等待的一直是那个带着薄荷微凉的男孩，那个倨傲而又温暖的关慕……

关慕退学的事情很快传遍了全校，就连在外实习的付萍萍都知道了，于是她特意赶回慕汐。

可是令萍萍意外的是，夏朵却很平静，她一如往昔地上课学习，一如往昔地做着自己的事情。好像关慕离开慕汐的事并没有影响到她。

“夏朵，你真的还好吗？”萍萍有点担心她，“你如果难过就哭出来。”

“我很好啊，为什么要哭？”夏朵虽然在笑，可是她的脸色差极了，苍白的脸上渗出细密的汗珠，乌黑的发丝黏在额角。

“你看上去很累。”付萍萍咬着苹果靠在水房的墙壁上，担忧地望着正在洗衣服的夏朵。

累？他现在应该更累吧？他一定发了疯地要从关家冲出来，一定发了疯地想要见自己吧？

奇怪的，当夏朵想到关慕可能和她一样难过的时候，她内心的痛苦就莫名其妙地减半了。当夏朵想到关慕或许也在期盼着和她见面的时候，她对他的思念也就莫名其妙地有了寄托。

“把他忘了吧。”萍萍看夏朵怔怔地出神，她的手指已经被水浸泡得发白了，越发显得她手指的细弱，她总是能这样让人心疼。

“如果能轻易忘掉，又怎么会相爱呢？”夏朵苦涩地笑了。

水盆里渐渐溢出了泡沫，在日光里逐渐放大，美丽的泡沫呈现着五彩斑斓的色彩，只是慢慢地，它们一个接着一个地相继破灭，消散在空中。

爱情啊，也如这泡沫一样吗？那样美好，那样烂漫，却又在顷刻之间，灰飞烟灭了吗？

夏朵打定主意要等着关慕，不管他什么时候才能恢复自由，不管他将去哪里，她决定一直在原地等着他。

夏朵想，A 市不大，即便是偶遇，她总会有机会再遇到关慕。虽然她看不到，但那薄荷微凉早就刻在她的脑海里。只要能再见到关慕，夏朵忽然觉得一切都不重要。

夏朵偶尔能从金铭和楚一凡那里听到关慕的消息，听到他过得很好，听到他被关睿宇关在家里整天打游戏，听到他的抑郁症没有发作，夏朵把这些消息拼凑起来，竟然觉得关慕就在眼前一样。

所以，偶尔能听到关于他的消息是夏朵生活里最大的愿望了，她已经不再奢求什么。只要一直这样下去，让她可以继续怀着希冀，一直得到他的消息，一直守着他们的约定，这样就好了……

然而，渐渐的，夏朵连这样的消息也等不到了。楚一凡和金铭像是提前约定好了一样，他们谁都不会再说关慕的事情给夏朵听。慢慢地，夏朵竟有点恐慌，那种恐慌是一点点渗入心底的，抽掉她心底最后一点的根基。

就这样，夏朵开始焦虑，没有了他的消息，她就像是没有了方向的孤雁，在天空里四下乱撞。

有一天，夏朵练舞崴了脚，迷迷糊糊地从教室出来的时候，她在青石板的台阶上又滑了一下，跌坐在台阶上。

她哭了，把自己蜷缩在一起，她痛哭失声。她这才发现，自己竟在不知不觉之间变得这样无力软弱，她竟那样怀念那双宽大的手，那双给予她力量的手。

他还记得吗？还记得他曾说过的话吗？

记忆里滑过他的声音。

“有我在，不会再让你摔倒……”

忽然有一天，关慕出现了，带着薄荷微凉，迷人的香气，依旧那样帅气地立在女生宿舍楼下。

深邃褐色的眸子静静地注视着面前的夏朵，眼角的疤痕平添了他的忧郁之色，他捧着夏朵的脸颊，“吓傻了吗？我来了，也不激动吗？”

夏朵才缓过神，红着眼圈上前投入他的怀抱，千言万语只在这一个拥抱里。

他懂得她要说的话，因为他亦是如此。

“今天你没课吧？我们去郊游吗？”关慕揉着她的发，微长的头发挡住眼睛。

“今天？”夏朵有些犯难，“今天我们要排练舞蹈，差我一个人大家就练不了了。可不可以改天？”

“哦，这样啊。”关慕声音有些落寞，不过他还是揉着她的发低声说，“没关系，那就算了吧。”

那天，关慕陪着夏朵去排练舞蹈，他在一旁看着夏朵曼妙的舞姿，看着她苍白的脸上挂着甜甜的笑意，看着她那双清澈迷人的大眼睛。

他的心痛极了，眼泪忍不住流下来的时候，他就一个人躲出去，在外面大口大口地喘着气。

舞蹈排练时间过去了，关慕带着夏朵去吃午饭。

“我喂你一次，好不好?”关慕温柔地说。

“在这儿？会不会太奇怪了?”夏朵红着脸，甜甜地笑着。

“我想喂你吃饭，一直以来，都没有喂过你。”关慕又说。

“嗯。”

于是，就有了那样梦幻美好的画面。春末的午后，阳光像是金子一样洒在美丽的夏朵身上，一个如王子般完美的男生握着勺子，一点点喂她吃饭。

那画面竟美妙得让人沉醉。

吃过饭，关慕拉着夏朵说：“跟我去我的画室吧？你一直还没有去过呢。”

“是哦，那好啊。”

夏朵隐隐觉得气氛有些诡异，关慕从没带她去过画室，确切地说，在夏朵的意识里，关慕是从未画过画的。

画室在艺苑路以西的教学楼里，上了三楼，左边的第一间就是了。

关慕拿出钥匙打开画室的门，里面有极其浓重的油彩味道，关慕扶着夏朵坐在椅子上。房间不大，却是向阳的，所以，午后的画室竟是那样的温暖，让人慵懒地想要眯着眼睛。

“好想看一看啊。”

“傻瓜，这个世界很丑。”

“可我知道，你一定很美。就像……”她的嘴角还挂着甜腻腻的微笑，转眼已经将如碧波般一样柔顺的秀发淌进他的臂弯。

“就像什么？”

烂漫的阳光照进来，她能感受到正午太阳炙热的光辉洒在她的肌肤上，浑身都变得暖洋洋，可她却再也看不到那曾经记忆中的耀眼金色了。

“就像天使。”她慵懒地将头埋进他的胸膛。

“如果，当你睁开眼睛看到的，并不是天使，而是……魔鬼呢？”

“那我也爱你。”

因为失明，所以她不畏惧强光，在金灿灿的光亮中，只有她能瞪大眼睛，迎着光亮，浓密修长的睫毛被阳光染上了金色。

“不要，我……很坏。”

他的声音在发着抖，心里涌上一股苦涩。

“阿慕，你在哭吗？”她伸出手胡乱地在空中摸索着，寻找着那个温暖的身体，她跌跌撞撞地撞倒了画架子，直到撞到了他的唇，方才停下。

“傻瓜夏朵，没有我，你可怎么办？”

语罢，他温柔潮润的唇已然落在了她光滑的手背上，她绯红了脸颊，娇羞地低下了头。

“夏朵，做我的模特吧，我想把你画下来。”关慕摆正了画架，他眼底是红红的血丝。

“好啊。”夏朵欣然接受，“我要不要摆一个什么姿势？”

“不用，你随便坐在那里就好。”关慕浅浅地微笑。

那天，夏朵一直坐在关慕画架的对面，阳光隔过玻璃窗照进来，夏朵的周身有一层温润的光。

那幅画，关慕画得极认真，从构图，到轮廓，再到细节的描绘，他都那样地细致认真，每一笔都融入了他全部的爱。

中间，关慕偶尔会抽吸鼻子，像是在哭。

“阿慕，你哭了吗？”夏朵轻声问。

“没有，就是感冒了。”

“这样怎么行？要照顾好自己啊。”夏朵柔柔的声音在静谧的画室里飘荡，“等我们老了，我来照顾你好吗？”

“嗯。”关慕咬着唇，泪已经模糊了他的视线。

“一直都是你在守护我，等到我们老了，换我守护你吧。”夏朵甜甜地笑着。

一直到夕阳西下，关慕才放下笔，“累了吧？已经坐了 5 个小时了。”

“和你在一起，怎么一点都不觉得累呢？”夏朵淘气地笑着，“好想看看，看看你把我画成了什么模样。”

“现在还不完整，只是草图，等整幅画完成了，就送给你吧。”关慕拥住夏朵，“时间如果和这幅画一样，就这么静止在这一刻，那该多好？”

夏朵能感觉到来自关慕的力量，他紧紧地抱着自己，仿佛只要稍一放松，夏朵就会突然离开他一样。

“我们去第一教学楼楼顶坐坐吧，很久很久，我们都没去过那里了。”关慕又提议。

“嗯。”

顶楼依旧是空无一人，远处有慕汐悠扬的校歌飘荡着，楼下有学生们嘈杂的声音，天空偶尔飞过一些鸟儿。

关慕掏出一支烟，点燃了，然后坐在夏朵的身边。

“还记得这儿吗？”

“当然记得。”夏朵轻声回话。

“这是我们第一次见面的地方，也是我第一次向你表白的地方。”

一切，都历历在目，清晰得就像是昨天才发生的事情一样。

“如果，一直停留在那个时候，该多好啊。”关慕缓缓地吐出烟雾，闭上了眼睛。

可惜，一切都回不去了吧？

关慕抽完了第一支烟，又抽了第二支，接着是第三支……

当人声渐渐消失的时候，当月亮升起来的时候，当所有都回归寂静的时候，他的声音缓缓地响起，那样冰冷和孤独，“夏朵，我好累。”

“……”她却无言以对。

“夏朵，我真的好累。”他哭了，然后抽了一口气，“对不起，我们放弃吧。”

“阿慕？你在说什么？”夏朵觉得自己一定是听错了，这不是她的关慕，一定不是。

“我们分手吧。”他的唇在冰冷的月色里战栗着，如果一切都是他造成的，那么就让他来结束这一切吧。

“为什么啊？”夏朵瞬间就感觉一股寒意袭击着她的周身，就像是掉入寒冷的深渊里，四周都是骇人的凉意，她僵硬地坐在那里，“因为伯父反对吗？因为要出国吗？我可以等你的，我可以的。”

“对不起。”

“为什么？”

"……"

纵然她想过无数次，也许他终将会离开她，可当他真的这样说了的时候，她竟如此地痛苦。

"为什么？为什么在我才有了幸福的时候，你却要丢下我？为什么在我才坚定下来要陪着你走下去的时候，你却已经放弃了？"她薄薄的唇上落了晶莹的泪珠。

"对不起，把我忘了吧。"

那天，她一身素白，摸索着走出顶楼，消失在无尽的黑暗里。

夏朵大病了一场，不明原因的高烧，持续了大约一个星期。她在昏昏沉沉之间哭过好几次，总是叫着关慕，等醒来的时候，却一句话也不说了。

付萍萍回到宿舍照顾夏朵，韩飞听说了也赶回来探望夏朵。楚一凡几乎每天都会送些水果和鲜花，就连金铭也来过两次。

可是，他竟然一次都没有来，一次都没有……

付萍萍和韩飞都看出了端倪，就凭夏朵那极其坚强的性格，不会无缘无故地那么低落，从前，她无论遇到什么困难都是极其乐观的，这一次，她却怎么也打不起精神来。

"夏朵，出事了，对不对？"韩飞坐在夏朵床边，看着她纤瘦的脊背轻声问着。

“……”

“你们分手了？”韩飞继续猜测。

她依旧还是沉默，或许，她此刻的灵魂早就不在她的躯体里了。

“我就知道！！”付萍萍气呼呼地在宿舍里来回踱步，“上次去关家开派对的时候，关慕的爸爸就对你态度很不好，肯定是他反对，然后关慕就背叛了你！！对不对？”

萍萍没有韩飞那么耐心，她上前扯着夏朵的睡衣，“走，我们去找关慕。好夏朵，穿衣服，我们去找他，我帮你教训他，替你出气！！”

夏朵像是一张薄纸，任由萍萍拉扯着她，乌亮的秀发散乱着，她白皙的脸上一点表情也没有，眼睛空洞洞地看着前方。

“萍萍，你别再火上浇油了行不行？？”韩飞忙扯开萍萍，“你想让夏朵更难过吗？”

萍萍红着眼睛到窗户前站着，韩飞则帮着夏朵掖好被角。

那时候，正是入夏，天已经彻底暖了，万物呈现一片生机，可是，夏朵却再也等不到和他去郊游了吧？

他答应她的一切，都成了空。

空洞的眼睛缓缓地闭上，泪早已经流干了。原来真正的痛苦，竟是欲哭无泪。

没有了关慕的校园，对于夏朵来说是死一般地寂静，没有人会欺负她，当然也没有人会在暗中保护她。

大病一场之后，夏朵变回了从前。她努力让自己不要变得那么软弱，努力找回从前那个骄傲且坚强的夏朵。

骄阳如火的时候，她一个人走过篮球场，总有某种错觉，让她以为他还在那里，在那里挥洒汗水，在那里偶尔朝她张望，偶尔对她大叫。

可惜，她再也没有听过他的声音，就连和他相似的声音也从来没有出现过。

有过几次，夏朵实在难过得不能承受的时候，她就悄悄跑到后湖去，一个人躲在那里悄悄地哭泣。

在那里，她碰到了楚一凡。

“夏朵，随着时间的过去，多么沉重的伤痛都会平复，一切都会好起来的。”楚一凡坐在她身边，看着槐花落在她的衣裙上。

“是吗？随着时间的逝去，真的就能忘了吗？”夏朵哭红了眼睛，“可是，时间为什么过得这么慢呢？”

“夏朵，坚强点。”楚一凡拍了拍她的肩膀。

“一凡，我真的好痛苦，为什么那么痛苦啊？”

两个人沉默了很久，终于，楚一凡开口了。

“虽然，我不知道你们为什么分开。可我还是能看出他心里还是爱着你的。从和你分开后，他每天都把自己关在房间里画着那幅画，每一笔都是他的心血。”楚一凡叹了口气，“其实，我以前还是很嫉妒他的……”

夏朵埋着头，静静地听着。

“可是，我现在突然希望看到你们重新在一起的样子。”楚一凡抽了抽嘴角。

他们爱得有多么深切，伤得有多么重，让楚一凡这样的局外人都觉得心痛，因为那样爱着，所以才让人想要忍不住祝福他们吧？

在夏朵的悲痛中，这个沉闷难挨的夏季终于过去了，转眼就到了初秋。关慕再没有来找过夏朵，有的时候，夏朵会产生一种错觉，她觉得自己就像是做了一个梦，梦里有那个带着薄荷气味的男孩，梦里有瑰丽的时光，梦里还有他们的爱情和悲伤，可是一转眼，梦就醒了。梦里的一切都幻灭了，那些好的坏的，幸福的悲伤的，全部都随风消散了，仿佛从来不曾发生过一样。

“关慕这个臭家伙，还真是狠心，居然一次也没有来找过你！之前还信誓旦旦地说爱你。男人都是坏东西！”付萍萍拉着夏朵出去散心，一边说一边还抱怨着。

夏朵绵绵地一笑，洁白的衣裳散发出淡淡的香气，是薄荷的味道，从什么时候开始，她竟然也喜欢上了薄荷的味道。

已经近半年了，他竟真的没有再来找她。

其实，在这半年的时间里，夏朵有接到过他的一次电话。那次，关慕喝醉了，他在电话里酒气熏熏地说了很多醉话。

他说："夏朵啊，夏朵，我们去南郊吧。我们还没有去郊游呢。"

那时候已经是凌晨了。

夏朵只听到这么一句，然后电话就被别人夺走了，之后一切都恢复了寂静。

除去那次之外，关慕确实再没有和夏朵联系过。不过，夏朵却隐隐地怀疑过，怀疑有一天在艺苑路上遇到的那个人是他。

那是仲夏的傍晚，夏朵一个人回宿舍，走在艺苑路上。路上忽然掉起雨点，夏朵只好小跑着回去，才跑了几步，就被什么绊住，一个踉跄，竟栽倒在地。

那雨竟也跟着下大了，夏朵才要爬起来的时候，却觉得头上有一股暖意，有人默默地为她撑了一把伞，而且往她手里塞了一块手帕。

雨里，那人的手很冷，却很宽大。只是一瞬间，夏朵的心就滚热起来，她熟悉那双手，那手上的纹路、修长的手指、冰冷的指尖，那是他的手……

那人忽然就把伞丢给夏朵，一个人跑进雨里，任凭夏朵怎么叫他，他也没有回头。

夏朵打着伞回宿舍，她越想越觉得不对劲。就拿出手帕，仔细地闻着那手帕上的味道，浅浅的、浅浅的，薄荷味道，那是属于他的那一种味道。

夏朵相信，那个仲夏的夜晚，那场雨里，那条艺苑路上，他曾经回来过，回到过她的身边。

不过，那只是一瞬间，极快的一瞬间。那个瞬间也许根本说明不了什么，也许，他只是路过，也许，那个人根本不是他……

“夏朵，别再想他了。反正，你们再也不会见面了。”萍萍见夏朵出神，就扯了扯她的衣袖。

是啊，别再想了，一切都已经过去了。

“听说关慕明天要飞美国了，这一去，怕是不会回来了。”付萍萍和夏朵并肩走在校园外的柏油马路上。

初秋，A 市还是飘起了雨。

夏朵撑着一把透明的雨伞，如瀑布一样倾泻而下的乌黑青丝就这么垂坠着，风拂起发丝，细雨打湿了发梢。她的眼眸依旧那么平静，仿佛那双眸子里的世界，一辈子也不会有人走进去。

“喂，夏朵，你哭了吗?”

“不，是雨水。”

那根根分明的修长睫毛上隐隐还能看到晶莹的泪珠，夏朵却笑了。

“夏朵，他抛弃了你，想哭就哭吧。这不丢人。”付萍萍愤愤不平，一手拍着夏朵的肩膀，“我去给你买糖葫芦吧，酸酸甜甜的，以前我想哭的时候，吃了糖葫芦就不难过了。我去买给你，夏朵。等我。”

“萍萍，不用了。”夏朵的声音被萍萍抛在身后。

只是街角的转弯处，来回最多超不过 5 分钟，想不到，就是那 5 分钟，让一切都变得那么不一样了。

第十二章
把光明还给你

那日的天空，带着令人沉痛的阴霾，夏朵站在街道的另一端，撑着把伞，萍萍曾回眸看过她，转眼却又奔向那个卖糖葫芦的摊位。

5 分钟而已……

“老板，来两串糖葫芦。”

萍萍想用美好的食物来抚平夏朵的伤痛，她想让夏朵彻底忘记那个关慕。再过几个月，夏朵就要去市里的残疾人舞蹈团了，能继续跳舞，那是夏朵的梦想。

一切都在变好，除了夏朵总是闷闷不乐。萍萍知道，那个关慕在夏朵的心头刻下了深深的一道疤，它总是在隐隐作痛，折磨着那个原本明朗纯净的夏朵。

而街道的这端，站着面容姣好美丽的夏朵。只是一条小小的柏油马路，在没有关慕的日子里，她经常一个人过马路。

夏朵认真听着路口两端的声响，确定没有汽车的时候，她轻移步伐，缓缓地走过那灰白相间的斑马线。

夏朵从没想过，原本既定的一切，都在那一秒发生了翻天覆地的变化。

右侧忽然呼啸着开过车辆，而且已经很近很近了……

夏朵以为，她会就这样死去。

只是在她还来不及躲闪的一刹那，有人猛力地推开她，却把自己的脊背留在了原地。

像极了那次，他在教室，把她抱入怀里，用脊背为她挡住飞来的篮球；像极了那一次，没有一点犹豫，没有半分迟疑。

“啊!!”一声尖锐的叫声划破了阴鸷的天际，紧接着，还有轮胎摩擦着路面的刺耳声音，以及行人熙熙攘攘的喧嚣声。

下过小雨，秋季的柏油马路总是湿漉漉的，空气微凉而潮湿。付萍萍循声看去，人群围住夏朵方才所在的路口，一辆大货车打着横停在了马路正中间。

“血，那边有人流了好多血，快叫救护车。”

“姑娘，你的糖葫芦……”

一切都空白了，付萍萍飞也似的奔回那个路口，还未曾近身已经嗅到湿润空气中带着的阵阵血腥味，那红色的液体，正缓缓地淌出来，萍萍奋力拨开人群。

然后，大吼着，“夏朵！”

赫然，一个白衣白裙的少女坐在那里，她颤抖的手指轻轻触摸怀里男人的脸庞，触到他眼眸的时候，她的手指忽然就停在了那里。

“夏朵，你没事吧？”付萍萍下意识地走上前去，在看到她怀里那人的时候，却惊恐地捂住了嘴巴，紧接着瘫软在地，“怎么会是……他？”

“萍萍，救他……”夏朵的眼睛是红红的，仿佛泣出了鲜血。

是他，这一次，确定是他。

有他的薄荷微凉，还有他右眼上方那道不足半寸的疤痕，触觉像是花朵的纹路。

“来人啊，救命啊！！”

“救命，救命，救命！！”夏朵歇斯底里地大喊着，她的手心、她的裙摆上，全是鲜红的血，那血是那样的暖、那样的滑，夏朵慌了，脑子里一片空白。

骤然间，她觉得自己就要崩溃了。

“关慕，为什么是你？为什么你会在这里？”夏朵声嘶力竭的哭声混杂在凄厉的秋风秋雨里，一切都那么惊人地相似。

“救命啊，救命啊。”萍萍慌了手脚，她哭着、抖着，撕掉衣服的一角，帮关慕止血，可是血太多了、太多了、太多了，她止不住，怎么也止不住。

有好心的路人打了电话，叫了救护车，还有其他人帮着萍萍给关慕止血。

倒在血泊里的关慕只是瞪着大大的眼睛，他看着面前那双清澈的眼眸，用尽浑身的最后一点力气，抬起手指，他摸着她的眼睛。

“夏朵啊……”他没了力气，眼睛里有泪水打着转。

他并不惊慌，因为死亡对他来说，早就不是最可怕的，甚至，他早就在期待着这一天的到来。现在，他能为她倒在血泊里，也许那是他最好的归宿了。

“我……说过，不会让你摔倒的。”他的嘴角淌着血，止不住地在流淌着，源源不断地流着，那血液堵住了喉头，他无法说话，每个字，都那么含糊。

除了夏朵，谁也听不懂。

“无论，我……在哪儿，都将……守护着你。”他摸着她的脸，手指渐渐滑到她的唇，那薄薄的唇，他好想再亲吻她一次啊。

当死亡临近的时候，他原来竟会这样不舍，和每次看着她的背影一样不舍，他就要看不到了吧？再也看不到这张如花一样美丽的脸，再也看不到她的眼睛了吧。

她会记住自己吗？会直到暮年，还记着有过这样的一个自己，曾经深深地爱着她吗？

“夏朵，原谅我。”他的手指开始冷了下来，是入骨的冰冷，夏朵害怕极了，她拼命地摇头，拼命地哭。

真好，竟能在最后的时刻，倒在她柔软的怀抱里，能看着她为自己流泪。关慕从未这样轻松过，这一生，他活在了自责和愧疚里，每一天都是痛苦的，他像是深埋于黑暗泥沼里的虫。可是却在他临死前的一刻，他竟觉得自己洗掉了所有的污浊，他的心好轻松、好幸福……

“我……爱你。”只是3个字，他却说了那样久，用最后的力气，用生命里最后的一刻，只为了说出这三个字。

他的手重重地滑到了地上。

萍萍和其他急救的好心人都蓦然停住了手，一切都来不及了，他就这样没了呼吸。

“为什么不救了??快救他啊!!”萍萍大哭着，她还在帮关慕止血，可其他人已经停住了，有人为关慕打起了伞。

夏朵抱着关慕，他的血就在夏朵的衣裙上，染就了一朵又一朵美丽的花。他的身体瞬间冷了，冰冷的身体让夏朵下意识地收紧了手臂，她恐慌极了，像极了那个雨夜，父母的身体一点点冷掉，最后变得僵硬，任凭她哭叫，他们都不会醒来。

救护车来了，医护人员简单地检查了一下，就知道已经为时晚矣，关慕早就没了呼吸。

萍萍哭着对夏朵说："夏朵，放开他吧，关慕他，他已经……走了。"

"关慕说他累了，他睡着了。"夏朵不哭了，她一直抱着关慕，一直抱着他，"他会冷的，我要抱着他，这样他就不冷了。"

"夏朵!! 关慕他已经死了!!"萍萍嚎啕大哭，她和医护人员拼命地把关慕从夏朵的怀抱里抢过来，拼命地把他们分开，萍萍拼命地抱住夏朵。

直到最后，他们的手还紧紧地握着；直到最后，关慕也没有闭上眼睛，他那双曾经冰冷忧郁的褐色眸子，一直睁着，他在看着他的夏朵，他要一直一直守护着她。

关慕的遗体被送入最近的医院，关睿宇赶来的时候，死亡通知书已经下达了。内脏大出血，身体多处骨折，未曾抢救已经死亡，这样的结果，让所有人都陷入了悲痛。

交警简单地把事故对关睿宇交待了。大货车司机疲劳驾驶，没有按照信号灯行驶，当发现夏朵的时候，没有第一时间减速，货车冲了过去，就在撞上夏朵的一瞬间，关慕出现了，他推开了夏朵，自己却没能躲开。

就这样，他代替夏朵离开了，离开这个曾经使他厌弃却最终那样留恋的世界。

那天，关睿宇对着儿子的遗体静默了良久，这个与他那样相像的躯体，这个他明明深爱却又在不断伤害的躯体，是他的儿子……

他对着关慕的遗体哭了好久，他说："我今后没有儿子了，再也没有儿子了。"

关慕的葬礼办得很低调，只请了关慕生前的好友和亲人。那天，夏朵还是一身洁白的衣裙，和往常一样，她就站在关慕的遗体前，最后，握了握他的手。

他的手还是冰冷冷的，除了有些僵硬，和从前并没有什么不同。夏朵的心抽痛起来，她不敢呼吸，屏住一口气。

"我爱你。我会一直陪着你。"夏朵没有哭，她要笑着送走他，然后再去找他。

关慕的葬礼结束后，关睿宇把夏朵单独留下。关宅空寂的大房子里，他的亲人又少了一个。

“如今，这里只剩下我了。”关睿宇抽了口气说。

夏朵表情呆滞，她不关心关睿宇的痛苦，因为她自己已经痛得无法活下去了，她怎么能在关慕为她而死之后还活在人世间呢？

这每活一天，都是一种折磨，夏朵在想，她在想怎么才能逃开萍萍和韩飞的眼睛，然后安静地追随关慕去死。

“对不起！！”突然之间，关睿宇这样说，“请你原谅我。”

这让夏朵完全摸不着头脑。

更令夏朵想不到的是，关睿宇居然跪在了她的面前。

“您这是做什么？”夏朵颤抖着手，她要去搀扶关睿宇。

“因果报应，真的毫厘不爽！我有罪。”

关睿宇终于把那段尘封了16年的事说了出来。

16年前，那个飘着雨的日子，关睿宇驾着汽车，带着妻子和儿子去南郊。路上湿滑，关睿宇的车子改变方向不及时，撞上了一辆小小的三轮车，那辆三轮车有满满的货物，还载着一家三口，其中就有小小的夏朵。

而夏朵在意识最后的一刻所看到的模糊影像，正是关睿宇。

“那时候，关氏集团正在壮大，为了避免负面影响，我……我……就丢下你们三口，肇事之后逃逸了。”

“是您？”夏朵忽然就什么都明白了。

她终于明白为什么关慕母亲去世的日子和自己父母的忌日会在同一天，原来一切不只是巧合，原来，6岁那年噩梦般的交通事故，除了夺走了她的父母，也让关慕失去了母亲。

“是我。”关睿宇一身黑色的西装跪在夏朵的面前，他已经苍老了，也已经失去了儿子，他再也不想这么卑劣地活下去了，“其实，那天的事故，责任都在我。慕汐曾经提醒过我，要我在弯路减速，是我太急了，没有听她的话。”

“……”

“那次事故，我失去了慕汐，我恨自己。就把这恨加注到了关慕的身上。这么多年，他活得有多痛苦，他没有得到父亲的爱，没有一天过得幸福。”关睿宇悔恨极了，“明明是我的错啊……”

夏朵都明白了，她苍白的唇微微抖着，“所以，在那之后，您让福利院接收了我？”

“是。”

“所以，您才会那么反对我和关慕在一起吗??”夏朵咬着下唇，她不能原谅，不能原谅他！

“是。”

“所以，关慕也知道？”夏朵觉得耳边传来阵阵的轰鸣之声，她终于明白了，一切都那么清晰了。

“是。”

原来，关慕被父亲关在家里的那段时间，整个人郁郁寡欢。一天深夜，他想走出去透透气，经过父亲书房的时候，他听到父亲和戴美子的对话。

“确定那个夏朵就是当年车祸，对方幸存的那个女孩？”戴美子的声音很低，但关慕还是听清了。

“是。不会错。当年她父母都是当场死亡，只有她活了下来，眼睛也是那场事故后失明的。之后一直收养在福利院。这些我都核实过了。”关睿宇的声音微冷，“看来得让她退学了。如果留在慕汐，往后真的和关慕在一起的话，被她发现了当年的真相，那……”

“那你会坐牢的！”戴美子又说。

“我已经知会学校了，让他们开除她。”关睿宇的声音渐渐地低了下来，“关慕那孩子，不会轻易放弃的。”

“所以，夏朵的眼睛和她父母的死，也是因为那场车祸吗？原来，害她那么痛苦的人，竟然是……我。”突然，关慕推开门，他就站在关睿宇和戴美子的面前，他痛苦极了，每一寸肌肤都像是被撕扯开一样。

那之后，关慕把自己反锁在房间里一天一夜，在那段痛苦的时间里，他做了一个决定，他要离开夏朵。

“他很痛苦。”关睿宇缓缓地把目光落在那四方相框上。

“阿慕他一直很自责，他一直认为，是他的原因，导致了当年的那场交通事故，他一直活得很辛苦，本来，他是无论如何也不会离开你的……”关睿宇苍老的手指缓缓触摸着那张相片上的容颜，那道不足半寸的疤痕。

“傻瓜，他是傻瓜吗?!”夏朵骤然间就崩溃了，她撕心裂肺地疼痛着，那种痛是钻入每一滴血液里的，迅速在她的周身蔓延开，她的头快要裂开了一样。

原来，他从不曾放弃爱她，原来，他只是因为太过于爱她，才不得已离开她。

他曾经是怎样的痛苦着，才会让他最终选择了离开？

“后来，他主动提出要退学，并且要和你分手。但条件是，他要你继续留在慕汐，并要求我们帮你联系毕业后去市残疾人舞蹈团的事。”关睿宇缓缓地说着，“他一直都很爱你，和你分手后，他的抑郁症更重了，药物的副作用很大，他有的时候会很没有力气，但不管他多疲惫，也会每天爬起来，每天出门，有的时候他连开车的力气都没有了，就让老管家开车送他去慕汐，我知道……”

关睿宇再也说不下去了，他哽咽着，一字一颤。

"我知道……他是去慕汐找你。"关睿宇抖着惨白的唇。

夏朵现在已经可以确定，那次在艺苑路上，与她擦肩而过的那个人，那个为她撑伞的人，就是关慕。

原来，他一直都在，一直都在她的身边，从未离开……

她怎么这么笨？她早该想到，世界上，除了他，还有谁能有那样好闻的薄荷味道，除了他，还有谁会在她身边默默地注视她，守候她？

再没有了吧？

现在，他也离她而去了，再也不会回来了，再也不会带着薄荷微凉，再也不会在艺苑路上等着她了，她是真的失去了他。

"其实，我早该告诉他，那场事故，不怪他，是我的责任，是我没有减速，导致了车祸的发生，是我，是我肇事逃逸，把你丢在那个雨夜里，一切都是我！和他没有一点关系，我该告诉他，他是好孩子，一直都是……我们的骄傲。"

关睿宇砸着自己的胸口，他终于知道那种即便把心挖出来，却依旧于事无补的感觉了。而相框里，那个男孩，依旧挂着浅浅的笑，那么疏离、那么冰冷。

"说这些还有什么用？"夏朵抽搐着嘴角，"他走了……再也不会回来了！"

瘦弱的躯体缓慢地站起来，僵硬的脖颈上有一张毫无血色的脸。

她多想告诉那个傻傻守候着她的人，她一早就不想找那个雨夜逃走的人了，她一早就不责怪这个世界了。自从有了他，自从他出现在她的世界里，她就把那场噩梦和痛苦，一并丢掉了。

她只想和他在一起，只想再次看到这个世界，看到他的容颜，看到他那双微冷的眼睛，看到那条花朵一样美丽的疤痕。

可现在呢？

一切都结束了，他走了，她的梦碎了，夏朵觉得自己再也打不起气力继续走下去了。

“来人啊，她晕倒了……”

刹那间，一切都消失了，没有关睿宇的声音，没有痛苦，只有关慕最后的声音，他竭尽全力，拼命地说着。

“无论，我……在哪，都将……守护着你。”

“无论，我……在哪，都将……守护着你。”

“无论，我……在哪，都将……守护着你。”

医院的病房里，夏朵缓缓地苏醒过来，手臂上有莫名的疼痛，浑身酸软无力，暖阳映照在她的脸上。

也许，一切都是一场噩梦。

她多希望，有人此刻就告诉她，关慕已经去美国了，她多希望有人告诉她，关慕还活着，一切都是一场噩梦。

甚至，她会产生一种错觉，她会觉得关慕在下一刻就会推开病房的门，和以往一样宠溺地抱着她，责备她的不听话，心疼地喂她吃东西。她总觉得，关慕还在，只是他不再理她，只是在角落里默默地注视她、守望着她。

“你醒了？”关睿宇见夏朵强撑着要起身，就慌忙按住她说：“孩子，别动，我有话要对你说。”

夏朵果然安静了下来。

“关慕他走了，我这个做父亲的从没为他做过什么。这大概也是唯一的一次了。”他缓缓地说着。

天空蔚蓝，有细微的风吹打着窗外的树枝，落叶旋转着落下，最终还是离开了树枝，生命已逝，黄叶将它最后的残躯深埋于那片土地里，继续守护着曾给予它生命的大树。

“我想，他最不放心的就是你了，所以，我决定治好你的眼睛。”关睿宇缓缓地吸了口气，“这是阿慕的眼角膜捐献书，在他出事的那天，我就签字了。所以，他的角膜会捐赠给你。”

“……”

“我想，这也是他所期盼的吧？他那样深爱着你，一定愿意用这样的方式在继续陪伴你。”关睿宇又艰难地说，“夏朵姑娘，请接受关慕的角膜，带着他的希望，好好地活下去……”

尾　声

3个月后，市美术馆承办的画展上，一个少女，身着一身洁白的衣裙，她静默地立在一幅油画前，清澈的眸子里盈动着星星一样美好的光芒。

“咦，是你啊？”有几个女学生崇拜地凑过来，细细打量着眼前的白衣少女，又细细地回眸看着那幅画。

“这幅画里的少女，就是你吧？”有一个女学生激动地看着夏朵。

“这幅画是本次展览所有画作里评价最高的，你认识画这幅画的人吗?”那位女同学极为期盼地看着夏朵。

“嗯，认识。”夏朵浅浅地微笑，她笑起来的时候，还是那样美好，“他是我的爱人。”

“哦，是这样啊。他一定很爱你，所以才把你画得这样好。我们很崇拜他，想见一见他，可以吗?”女学生们有些娇羞地又说。

“对不起，他见不了你们。他……去了很远、很远的地方……”

雾气蒙眬了眼睛，原来，在他的眼中，夏朵竟是这样的美丽，那幅画里，有夏朵美丽的脸，她在午后太阳的光辉里，慵懒地靠着椅子，静静地微笑着。

“原来，那个午后，你看到的夏朵，就是这个样子的吗?”眼泪顺着眼角滑落，她的唇角微翘，“好美，你把我画得好美啊!”

夏朵接受了关慕的角膜，并在关睿宇的资助下做了手术，现在的她，终于可以再次看到这个世界了。可是，她最想看到的他，却不在了……

夏朵走过慕汐的每一个角落，走过篮球场，想象着他在篮球场上跳跃奔跑的样子；走过艺苑路，想象着他的脚步曾经走过那些石子路；走进舞蹈教室，她会想起他歇斯底里地在这里发火；走在那滑腻的石板台阶上时，他搀扶着她牵起她手的样子，就好像在眼前一样；最后，她来到后湖……

楚一凡坐在后湖边的长椅上，他在等她。

夏朵想，楚一凡一定和关慕有相像的地方，或者是颀长的身影，或者是高挑的鼻子，或者是深邃的褐色眼眸，她那样仔细地看着，却觉得他是那样的陌生……

“舅舅已经去自首了。他让我把这些东西交给你，他说，请你原谅他……”风吹着楚一凡的头发，却没有带来任何薄荷微凉。

那是一本相册，还有一个幽暗的墨绿色玻璃瓶，里面的液体已经所剩不多，夏朵打开瓶盖，轻轻嗅着那一种味道，是他的味道，浅浅的薄荷味道。

“我昨夜梦到那家伙了，他说，他很好，叫你放心，除了……想你。”楚一凡回眸，眼睛已经湿润了，眼前弱不禁风的夏朵微眯着眼睛，那样小心翼翼地捧着墨绿的瓶子。

“我知道。”她没有哭，相反的，她还在浅浅地笑。

她已经不难过了，她要好好地活下去，用剩余的生命，代替他去好好地看一看这个世界，看着这个世界里所有的温情和美好，再没有黑暗，没有悲痛。

“帮我转告关伯伯，我原谅他了。”她还是那样纯洁，不染一丝尘埃。

她站起身，走入冬日的阳光里，洁白的衣裙上有暖阳的光辉，她忽然站住，回眸浅笑着说，“转告他，我会去看望他。”

原谅是一种美德，它能让这个世界上的所有人，都多一次幸福的机会。

福利院里，夏朵一个人坐在窗前，外面飘着细密的雪花。她翻开相册，里面是一个大男孩的照片，他有冰冷沉郁的褐色眸子、微长的头发，眼角上有一条疤痕，他还有倨傲冷峻的下巴和高挑的鼻子。

“是关慕哥哥。”小星儿凑到夏朵身边，眨巴着她的大眼睛。

“是啊，是关慕哥哥。”

“他去哪了？星儿想他。”

“他去了，很远很远的地方。”

“星儿长大了也要做哥哥一样的人，像哥哥一样帅气高大，像哥哥一样善良。”小星儿穿着粉红色的裙子，奶声奶气地说着。

“对，要像哥哥一样，做善良的人，带给别人温暖。努力，努力做一个好孩子……”

“夏朵姐姐，像哥哥这样善良的人有很多吗?”小星儿又问。

“多，很多，很多，在我们需要帮助的时候，他们总会站在我们的身边，就像守护着我们的天使……”

“在哪儿？守护天使在哪儿？”

“就在我们看不到的某个角落里，一直守望着我们，一直，一直……你也许看不到他，但他却从未远去。”